Rebel·lió a la xarxa

VOSTOK

Doug Wilhelm

Rebel·lió a la xarxa

Il·lustracions de Roger Padilla
Traducció d'Esther Roig

Estrella Polar

ESTRELLA POLAR

Títol original: *The revealers*

Estrella Polar,
Av. Diagonal, 662-664, 08034 Barcelona

Primera edició: maig del 2009
Cinquena edició: agost del 2017

www.estrellapolar.cat
info@estrellapolar.cat

Dipòsit legal: B.17.483-2009
Imprès a Catalunya
ISBN: 978-84-92671-10-6
Fotocomposició: Víctor Igual, s.l.,

Tots som illes
fins que arriba el dia
que travessem l'aigua ardent.

JOHNNY CLEGG,
cantant sud-africà

Per a la Sarah-Lee

En Richie

Quan feia primer no entenia tot el que em sortia de la boca. Ara ja tinc un any més, i l'any passat van passar moltes coses —d'això tracta aquesta història—, però de vegades me'n recordo i m'esgarrifo.

Jo volia que la gent digués «Ei, Russell! Seu amb nosaltres!». Però obria la boca i el que en sortia era escandalós i no tenia cap gràcia. I els altres em miraven d'aquella manera fugaç, desanimada i estupefacta que és l'arma típica de l'enrotllat de primer i que sembla que pregunti: «Tu d'on surts exactament?». I jo me n'anava pensant que no tenia remei. Desitjava ser capaç de dir alguna vegada el que calia, però a la següent ocasió que tenia amb algú important les paraules em tornaven a sortir escandaloses i fortes i l'únic que volia era clavarme cops de cap contra la paret. I pensava: «Què em passa?».

Bàsicament, quan vaig començar primer vaig descobrir que m'havia quedat enrere. Era com si tots els altres haguessin fet un curs d'estiu en secret sobre com comportar-se, què dir i a quins grups afegir-se, i jo no me n'hagués assabentat. Potser no m'ho van dir expressament. Potser van pensar que seria divertit veure com m'havia quedat enrere. Les coses que et pots arribar a imaginar! Però la veritat és que en aquella època ningú no es recordava gaire de mi. No era la mena de nen en qui els altres es fixen, si més no abans que tot això comencés.

O sigui que tornava a casa tot sol de l'escola. Jo anava amb bicicleta el dia concret en què va passar el que més o menys explica el que vull dir: que tingués l'habilitat, en aquell moment de la meva vida, de dir el pitjor que podia dir a la persona a qui precisament no hauria hagut mai de dir-ho.

Aquella tarda m'ho prenia amb calma. No tenia cap lloc on anar. La meva mare no arriba a casa fins a dos quarts de sis, o més tard si ha de passar pel súper. I m'agradava fer temps. La veritat és que, després de passarme el dia formant part d'un ramat —anant cap allà, seient aquí, i corrent amb els grups cap a la classe següent abans que sonés el timbre i tornés a fer tard—, per què no m'ho podia prendre amb calma? I això era el que feia, tan bon punt sortia de l'escola.

La nostra escola es diu Escola Secundària Parkland, i està a la cantonada dels carrers School i Union. Si mires Union amunt es veuen les botigues del centre. Però la porta de l'escola dóna a School Street, a la cantonada, on tothom s'amuntega davant de la gran porta i els autobusos paren, i els cotxes dels pares esperen rere els autobusos en una llarga fila.

Si vas al centre després de l'escola, i si, com jo, necessites travessar la ciutat per arribar a casa, la major part de la gent agafa Union. Però jo normalment m'apartava de la gent (tampoc m'esperava ningú) i pujava per un carrer lateral ombrejat que es deia Chamber Street. Em deia a mi mateix que m'agradava anar a la meva. Tots els altres alumnes de primer havien d'anar a tot arreu amb els seus amics, es passejaven amb la seva colla pels passadissos, menjaven junts a la cafeteria, i tornaven junts a casa (o a on fos) després de l'escola. Però, per què anar amb la mateixa gent cada dia, tots xerrotejant com un grapat d'aneguets? A mi no em feia res anar sol, de veritat. No pas tant.

Chamber Street porta a la comissaria de policia. És un edifici de maons descolorit. Al darrere hi ha un vell aparcament municipal i, al seu davant, la part de darrere de Granges d'Alimentació.

Granges d'Alimentació no és una granja, evidentment, és una botiga baixa i blanca amb una teulada de plàstic vermell. Segurament és l'edifici més lleig del nostre centre, i té tota mena de menjar ràpid deliciós. Vaig entrar amb la bici per l'aparcament, la vaig recolzar a la paret i vaig entrar per comprar-me un refresc.

Això és el que em comprava sempre després de l'escola, un refresc. La meva mare em donava un dòlar amb deu cada matí perquè me'n comprés un.

—Això per a un caprici —em deia. (No tinc pare. Va morir quan jo era massa petit perquè el recordi. No em faria res tenir pare, però no en tinc.)

Sempre em comprava un A&W, el de l'ampolla de plàstic amb el tap blanc. (Els he tastat tots. És el millor refresc que hi ha!) Quan vaig sortir de la botiga amb la meva ampolla, en Richie Tucker, de segon, estava repenjat a la paret, i la meva bici era a terra.

En Richie Tucker. Bufa. Era un d'aquells que prefereixes que no se t'acosti gaire. Si anaves a algun lloc i en Richie Tucker voltava per allà i et mirava, havies de mirar cap a una altra banda. Fins i tot jo ho sabia.

Però tot d'una em vaig adonar que ell era l'únic que no havia d'anar en grup enlloc. Segurament ningú no era prou enrotllat, ni prou estrany, ni prou esgarrifós, per anar amb en Richie Tucker.

O sigui que el vaig mirar. Duia la seva jaqueta negra de l'exèrcit, amb les mans entaforades a les grans butxaques. Vaig pensar que em podia comprar una jaqueta com aquella, i m'estava imaginant on me la podria comprar, quan en Richie va girar el cap i em va mirar.

—Aquesta cosa és teva? —va preguntar amablement, indicant amb el cap la bicicleta tirada a terra.

—Doncs, sí.

—Era al mig del pas.

—Què?

—Aquest trasto que has deixat aquí —va dir en Richie amablement i conscientment, parlant com si fóssim dos ciutadans preocupats—, me l'he trobat al mig del pas. —Es va posar les mans als malucs.— I ara què faràs? Eh?

I jo em vaig ajupir, vaig recollir la bici i... sí, no va ser gaire bona idea, la vaig amenaçar amb el dit.

—Bici dolenta —vaig dir—. Bici dolenta! No hi tornis mai més!

Ja ho sé, ja ho sé. Va ser una bestiesa!

En Richie es va tirar endavant com si se m'abalancés; vaig saltar sobre la bici i vaig començar a pedalar. Gairebé em va caure el refresc mentre pujava, una mica massa de pressa, per Union Street per arribar a casa.

Però els dos dies següents me'ls vaig passar pensant en aquella jaqueta negra. En volia una. Vaig buscar a les Pàgines Grogues i vaig trobar una botiga de roba militar, a mitja hora de distància. Demanaria a la meva mare que m'hi portés, potser dissabte. Li diria que la necessitava.

Mentrestant, suposo que en Richie anava observant com tornava a casa.

Dos dies després de l'incident a les Granges d'Alimentació, vaig tornar a casa caminant. En un costat de la comissaria de policia hi ha un passeig estret i ple de sots. Connecta amb l'aparcament de darrere de la comissaria, però no és l'entrada principal a l'aparcament, i gairebé ningú no l'utilitza. Li fa ombra una filera d'arbres en un costat i una paret de maons sense finestres de la comissaria, a l'altre. Era a mig camí quan en Richie va sortir d'entre els arbres.

Es va col·locar de manera que m'obstruïa el pas i va somriure. Vaig sentir una esgarrifança al clatell. Vaig veure que tirava enrere un puny i jo tenia ganes de dir «No, sisplau! No ho volia fer», però només vaig mirar com em clavava el puny a l'estómac.

No podia respirar! Vaig fer un sorollet angoixat «Iiic! Iiic!», intentant agafar aire. Vaig caure plegat, el cor m'anava a cent per hora i tremolava tot jo. En Richie em va agafar la barbeta i em va fer aixecar el cap d'una estrebada.

—Ningú no es fot de mi —va dir—. M'entens? Ningú!

I jo:

—«Iiic!».

En Richie es va incorporar i va encreuar els braços.

—Suposo que no ets ningú —va dir—. Aquest ets tu, eh? —Em va sortir una llàgrima i em va relliscar cara avall.— Els ulls d'en Richie es van il·luminar i se'm va acostar.

»Ah... i plores, nen? Ets un ningú ploraner? —Vaig apartar la cara. Me la va agafar i me la va fer girar.— Deixa que et digui com són les coses, xaval. Això no s'ha acabat, entesos? Això no s'acaba mai. Cada vegada que et giris, cada vegada que et pensis que no hi ha moros a la costa, més val que em busquis. Entesos, xaval? Perquè ara ets meu. Ets meu. I cada vegada que et pensis que no ho ets... —Va tirar enrere el puny; vaig agafar-me l'estómac. Així. Es va posar dret.— Sí —va dir, i va somriure—. Així.

I se'n va anar.

L'home sense por

La mare va arribar a casa. Em va dir «hola» a crits. Jo estava assegut davant de l'ordinador, però no l'havia engegat. Tenia el llum apagat. M'estava allà assegut i prou.

—Hola —va dir la mare des de la porta de la meva habitació.

—Hola.

Va entrar i em vaig girar.

—Què et passa?

—Res.

Va estirar la mà i em va agafar la barbeta. Ho va fer amb afecte, però em va fer posar vermell.

—Russell —va dir—. Què et passa? —Vaig apartar la cara. Ella es va acostar i em va mirar de prop.— Sembles acalorat. —Em va tocar la galta amb el revés de la mà.— Et trobes bé?

—Estic bé.

—T'ha passat res?

—No.

Em va posar la mà al front.

—Estàs calent —va dir—. Et posaré el termòmetre.

Se'n va anar i jo pensava «Què em passa? Per què les coses que dic fan que la gent em menyspreï? Per què dic una cosa a aquell noi precisament, només per fer gràcia, i el fa posar tan furiós?».

No ho entenia.

Ja no entenia res.

La mare va tornar i em va posar el termòmetre a la boca. Em vaig quedar allà fins que va tornar, me'l va treure i se'l va mirar.

—És normal —va dir, sacsejant-lo—. Per què no t'estires una estona? Ja t'avisaré quan tingui el sopar fet.

Vaig arronsar les espatlles, però quan la mare se'n va anar, me'n vaig anar a l'habitació i em vaig estirar al llit. Vaig contemplar el sostre, res en concret. L'habitació es va quedar a les fosques a poc a poc.

L'Escola Secundària, si més no la nostra escola, era bàsicament un lloc on cadascú mirava de sobreviure. Al començament, després d'arribar de la primària, era com si tots haguéssim passat d'un lloc conegut a una estació de tren sorollosa, gran i fosca. Tothom corria i gairebé no coneixies ningú, i hi havia depredadors. Eren pertot arreu, els depredadors. Fins i tot alguns dels nois que coneixíem s'hi van anar tornant. A més, molts dels nens de la nostra escola estaven canviant i començaven a formar aquelles colles tan tancades, i si no encaixaves en alguna ho tenies magre. Un per un els meus amics van desaparèixer en un «pfft».

I ara sabia que ho tenia magre.

Aquestes coses no passaven a la primària. Allà tots creixíem junts, ens enteníem. De vegades un nen et clavava una empenta al pati, o es burlava de tu perquè havies caigut al poltre, al gimnàs, o algú feia que els seus amics t'ignoressin una temporada..., però els coneixies a tots. Sabies que no n'hi havia per a tant, perquè no n'hi havia.

L'escola secundària és diferent. La nostra es deia Escola Parkland, com he dit abans, però la majoria en dèiem Darkland, que vol dir terra fosca. Per fora és una escola antiga i fosca de maons i per dins és tenebrosa i atapeïda fins que s'eixampla en una ala més nova al fons, amb finestres tan altes a les parets que no pots mirar a fora, i tota ella és una cursa d'obstacles per als nois que temen que algú els atonyini o els deixi en ridícul. Si no tens cap esperança de ser acceptat en una colla enrotllada, o en qualsevol colla, el millor que pots fer és passar desapercebut del tot. I, de sobte, passar desapercebut era l'únic que jo volia, començant pel dia que en Richie es va fixar en mi com a nou blanc de la seva campanya personal de terror psicològic.

Quan em vaig despertar al matí no em volia llevar. Vaig veure la cara d'en Richie com si la tingués davant.

Quan vaig entrar a l'escola, tenia l'estómac encongit. No podia parar de pensar en el que m'havia dit, que cada vegada que em girés ell hi seria.

No em volia girar. No volia estar sol i tampoc no volia estar amb gent, però m'imaginava que era millor estar amb gent. Més segur. Vaig anar al meu armariet, vaig treure'n tots els llibres que necessitaria aquell dia, i me'ls vaig guardar a la motxilla per no haver de tornar-m'hi a acostar.

La motxilla em pesava com un sac de maons. A la tercera hora ja em feia mal l'espatlla. Em vaig canviar la motxilla de cantó i llavors em feien mal les dues espatlles.

De sobte, les aules eren llocs protegits i acollidors, on no em podia passar res de mal. Res de gaire dolent. Vaig mirar el rellotge, esperant que el temps passés tan a poc a poc que es pogués aturar i tot. Però llavors la classe es va acabar i vaig haver de tornar a sortir.

Entre les classes, els passadissos de Darkland estaven embussats de nanos que empenyien, trepitjaven i feien salts per cridar l'atenció dels seus amics, o es clavaven cops de colze per obrir-se pas. La majoria dels nois només es deixaven portar pel ramat. És el que vaig intentar fer jo.

I no el vaig veure en tot el dia. Però a mesura que passava la tarda, em va anar agafant el pànic només de pensar que hauria de tornar a casa. Havia de sortir al carrer. Com m'ho faria, per arribar a casa?

Llavors se'm va ocórrer: no havia d'anar-hi pel mateix camí! Podia anar-hi per Union Street, on qualsevol em podia veure. No intentaria fer-me res davant de la gent, oi? Fins i tot podia anar per Bishop Street, que estava després d'Union, a l'altra punta. Em vaig començar a preguntar si podia anar tota l'estona per Bishop sense que se'm veiés des de les Granges d'Alimentació. Intentava visualitzar-ho, per detectar tots els punts d'exposició possibles.

En acabar l'escola, vaig sortir ràpidament i vaig girar per travessar Union a la cantonada. Llavors alguna cosa em va fer mirar enrere.

En Richie estava repenjat en un arbre, i m'observava. No es va moure gens; em va mirar als ulls i va aixecar les celles. Era com si sabés tota l'estona on anava, fins i tot què pensava. Era com si ho sabés tot.

Després d'això ja no vaig poder pensar en res més que no fos si ensopegaria amb en Richie i on, i com es comportaria. De vegades m'ignorava i mirava a través meu com si jo no hi fos. De vegades em mirava directament, observant-me, i quan jo el mirava aixecava les celles d'aquella manera. Una vegada em va fer l'ullet, com si ell i jo tinguéssim un secret. (Que suposo que el teníem, perquè jo segur que no pensava explicar-ho a ningú.)

Una altra vegada vaig passar pel seu costat en un passadís. Jo caminava enmig de la gent, però ell baixava pel passadís separat de tothom. En Richie no estava mai enmig de la gent. Quan el vaig veure m'estava mirant furiosament, i llavors es va desviar per impedir-me el pas. Em va travessar una mena d'electricitat. Els ulls foscos d'en Richie cremaven: semblava realment enfadat. Els nois passaven pel costat sense fer-nos cas.

Em va començar a tremolar la barbeta. Llavors en Richie va fer una cara trista i arrugada, com dient «Ah, estàs espantat?». Vaig passar pel seu costat i vaig continuar caminant. Em cremava la cara. Tot el passadís vaig sentir que em mirava. Sabia que es reia de mi, d'una manera que només jo podia sentir.

Vaig començar a patir mal de panxa cada matí i mal de cap a les dues totes les tardes. No ho vaig explicar a ningú. Cada dia intentava tornar a casa per un camí diferent, però tenia unes opcions limitades. Vaig deixar de gastar-me el dòlar amb deu per al refresc, perquè no em podia acostar a la botiga. A canvi, vaig començar a comprar còmics del superheroi al quiosc. Em feien sentir una mica millor. Em podia imaginar amb poders especials.

El meu preferit era el de Daredevil. Tot i que és cec, és l'Home sense Por. El valor és el seu poder, i també la percepció extrasensorial. Una nit, a la meva habitació, vaig retallar una foto gran de Daredevil en acció, penjat d'una corda entre dos gratacels, en una nit fosca, per sobre la ciutat. Vaig plegar la foto en un quadradet i me la vaig guardar a la butxaca tot l'endemà a l'escola, per poder-la tocar si la necessitava. No vaig veure en Richie en tot el dia. Al final de la tarda estava tan content que em sentia com si patinés.

L'endemà tornava a portar Daredevil a la butxaca. A l'hora de dinar vaig haver de passar per l'armariet. No podia continuar arrossegant els llibres a tot arreu, em feien molt de mal les espatlles. Feia tard i el llarg passadís on tinc l'armariet, camí del menjador, era buit. Començava a posar la combinació quan, al final del passadís, va aparèixer en Richie.

Es va repenjar en un armari, observant-me. Els dits se'm van tornar relliscosos. Em vaig equivocar de combinació. No podia obrir l'armariet..., no podia!

Va començar a caminar cap a mi.

Tot era silenci fora de les seves passes. Ressonaven al passadís. Jo no respirava. Tenia els dits paralitzats.

Es va aturar al meu costat.

Jo no el volia mirar. Però era com si ho hagués de fer... com si em tingués controlat.

En Richie va somriure.

—Com et trobes avui, xaval? —Vaig obrir la boca, però no vaig dir res. —Ei, no t'has de preocupar tant —va dir—. Havies d'aprendre una cosa. I la vas aprendre. Oi?

—Eh... —vaig balbucejar.

Es va acostar més.

—Oi, xaval?

Finalment vaig murmurar:

—D'acord.

—Què?

—Sí.

—Què?

—Sí.

—Sí. —Va somriure i es va apartar.— Ja està —va dir. Em va mirar de dalt a baix—. Escolta. Avui has de passar per les Granges després de l'escola.

—Ah, sí?

—Sí. Sí.

—Per què?

Se li va arrugar el front.

—Perquè t'ho dic jo —va dir, amb paciència.

—Ah.

Es va començar a allunyar.

—Tu sigues allà —va afegir sense girar-se.

Aquella tarda em vaig deixar envair per la felicitat. Caram..., en Richie m'havia somrigut! Havia dit que ja estava!

Potser volia que fóssim amics. Potser havia passat alguna mena de prova. Potser per això m'havia dit que tornés a les Granges.

Sí!

Fins i tot vaig tornar a pensar en aquella jaqueta negra militar. Vaig pensar que potser ja me l'havia guanyada. Seria com una identificació especial..., només la tindríem ell i jo. Només nosaltres ho sabríem.

Després de l'escola vaig pujar de nou per la vella Chamber Street. Vaig passar per davant de la comissaria i vaig travessar l'aparcament. Just quan sortia al darrere de les Granges d'Alimentació, es va obrir la porta lateral i va sortir en Richie. Era com si sabés quan arribaria, com si tingués percepció extrasensorial.

Es va repenjar a la paret i va assenyalar la porta amb el cap.

—Vés —va dir—. Compra't el refresc.

—Ah. D'acord. En vols un?

Però no tenia diners per comprar-ne dos. Per què ho havia...

—No —va dir somrient d'una manera rara—. No en vull.

Vaig entrar i em vaig comprar el refresc. Em vaig sentir molt bé! Tornava a tenir un refresc! Tot aniria bé. Bé de debò.

Quan vaig sortir, en Richie continuava repenjat a la paret. Va tornar a bellugar el cap d'una manera que em deia: «Vine cap aquí».

Vaig anar cap allà.

Va allargar la mà. El polze i els dits estaven doblegats, de la manera com s'agafa una ampolla. Em va mirar. Va aixecar les celles.

Vaig posar-li l'ampolla a la mà.

Se la va mirar, va arrugar el front i me la va tornar.

—No l'has obert —va dir.

Vaig girar el tap blanc. La tanca de plàstic es va trencar, gradualment, lentament, com si cada esclafit fos l'únic soroll del món.

Li vaig donar l'ampolla.

La va agafar i es va quedar dret, i amb la mà lliure em va agafar el pit de la camisa. Va aixecar l'ampolla sobre el meu cap, la va inclinar a poc a poc i la va vessar.

Això és el que se sent quan t'aboquen un refresc A&W glaçat al cap:

És fred i humit i les bombolles et pessigollegen horrorosament el crani. Et baixa pels cabells! Et pessigolleja tant que et fa mal la cara, és com una cremor que et baixa pel clatell, i et xopa i gela la camisa. (Ai no, més no...) Et fa mal i tot, el cap. Pots tastar el gust del refresc a la llengua, i les gotes semblen marró daurat a les puntes de les pestanyes. Tot degota. T'estàs tornant enganxifós.

Em vaig quedar quiet. En Richie em va deixar l'ampolla buida a la mà i se'n va anar.

—Recicla —va dir, sense girar-se—. Salva el planeta.

Quan vaig arribar a casa —pel centre tothom es girava a mirar-me—, els dits se m'enganxaven. Em pesava la camisa i se m'enganxava al pit, i em sentia els cabells realment estranys. Estaven com empastats. Els calçotets m'encetaven i se m'enganxaven alhora.

Un cop a casa em vaig treure la roba, content que la meva mare encara no hagués arribat. Vaig buidar les butxaques dels texans i vaig treure'n un quadradet plegat i xop. La foto de Daredevil.

Vaig anar a la cuina on tenim la brossa, i la vaig estripar lentament —les fibres de paper es van desfer— en petits flocs mullats. Després vaig llençar els flocs al cubell de les escombraries.

Streaming

Bé, ja en tenia prou. Ja n'estava tip. Havia de fer alguna cosa.

Però no tenia ni idea de què. Perquè, què fas en una situació com aquesta?

No treia cap a res preguntar-ho a la mare, només empitjoraria les coses. Després de l'escola sempre poso jo mateix la rentadora o sigui que vaig poder eliminar les proves.

Bé havia de tornar a casa cada dia, oi? No podia pas llogar un helicòpter. No podia anar amb una limusina amb els vidres fumats perquè no em poguessin veure des de fora. Aquesta idea m'agradava força, la de la limusina, però tampoc treia cap a res. I no podia evitar o esquivar en Richie provant rutes diferents.

Ell tenia poder sobre mi. Era com si em dominés d'alguna manera, i això, francament, era el que em fastiguejava més. Jo no volia fer-me amic d'ell, ni ser el seu company de bretolades ni res de res. A fer punyetes la jaqueta; volia trobar la manera d'aturar-lo.

Però com?

El problema principal era que jo no tenia ni idea de què faria en Richie a partir de llavors. No l'entenia gens, per molt que fos l'única cosa en què pensava tot el dia: on seria, de quin humor estaria... què em faria. Era una espècie d'obsessió. I de sobte em vaig adonar que això era precisament el que ell volia.

Sí, sí!

Però, per què?

No en tenia ni idea. Però ho volia descobrir, de veritat que ho volia descobrir. Tot d'una se'm va acudir que necessitava consell. Consell d'un expert. Necessitava parlar amb algú que hagués viscut aquesta situació, i situacions com aquesta, moltes, moltes vegades.

Necessitava parlar... amb l'Elliot Gekewicz.

Em vaig incorporar una mica. Sí!

Tots sabem que sempre hi ha un nano a l'escola que és el brut, un nen que fa pudor, un nen que tira la pilota fora del camp... i un nen que tothom, absolutament tothom, considera que pot maltractar.

A la nostra escola, aquest nen era l'Elliot. No era brut ni feia pudor, no em refereixo a això. Ni tan sols estava segur de per què li havia tocat a ell, però el fet era que al primer curs de l'Escola Parkland, fossis qui fossis, l'Elliot Gekewicz sempre estava per sota teu en l'escala social.

Era baixet, i això no era bo; tenia un nom espantós i era intel·ligent, cosa que només empitjorava les coses.

Hi ha una cosa clara: algú ha d'estar al final de tot, i a la nostra classe era ell.

Coneixia l'Elliot des del parvulari, i havia vist com li feien moltes males passades. Jo no hi havia participat mai, però tampoc havia mirat d'impedir-ho, de fet, tampoc no hauria pogut. Els nens li feien totes les coses habituals: insultar-lo, trepitjar-lo, prendre-li coses i passar-se-les, penjar-lo del cul dels pantalons del ganxo de la corda del gimnàs... Li abocaven aigua a la motxilla mentre la portava posada. L'havien tancat dins del seu armariet... cap per avall. Un dia, a la cafeteria, li van prendre la llet, li van mullar l'entrepà amb la llet, el van ruixar amb un sobre de quètxup, van aixafar la massa vermella i blanca entre dues safates, li van agafar la galeta i se la van anar menjant mentre tothom reia. Quan l'Elliot caminava pel passadís, els nens li deien coses com: «D'on l'has tret, aquesta camisa? D'un abocador?». «Qui et talla els cabells? Ta mare?».

L'Elliot no s'enfadava, no plorava i no semblava (a mi no m'ho semblava) provocar-ho. No era el típic imant per als busca-raons. Crec que li passaven aquelles coses perquè sempre li havien passat, i perquè havien de passar a algú, sobretot a primer. I ell té un aspecte peculiar. Sembla un ocellet amb un gran cap gronxolant, que s'escapoleix pel pati abans que algú el detecti. A vegades li deien «Nen Ocell». Quan baixava pel passadís, alguns nens feien «piu piu» per escarnir-lo.

També feien altres coses, sobretot quan la nostra

classe es va començar a deixar arrossegar per l'esperit Darkland. De vegades jugaven a Encercla i Pega. Atrapaven l'Elliot al pati (sí, a primer encara teníem esbarjo i ens deixaven sortir al pati) i anaven tancant el cercle i empenyent-lo. Ell intentava escapolir-se entre dos nens, però si l'enxampaven el tornaven a ficar al cercle. Quan acabaven de tancar el cercle, se'l passaven a empentes com una nina de drap. Una vegada, al pati, mentre l'Elliot era tot sol als tobogans, dos nois, en Burke Brown i en Jon Blanchette, el van esperar a baix i li van abaixar els pantalons. Eren els mateixos que el van penjar del ganxo.

L'Elliot, pel seu cantó, estava obsessionat amb els dinosaures. Ho estava des de feia anys. Sempre arrossegava grans enciclopèdies de dinosaures, i tenia adhesius de dinosaures als quaderns —llavors, a primer—, i quan havia de fer algun treball de l'escola, si podia el relacionava amb dinosaures. (L'Elliot era capaç de ferho fins i tot amb les mates. Una vegada que havíem de fer un treball sobre probabilitats, ell en va fer un titulat *Càlcul de la duració de la vida del triceratops*. Va dir que probablement havia estat l'últim dinosaure que havia mort, i per això se'n saben més coses.)

Que jo sàpiga, els dinosaures eren l'únic en què l'Elliot pensava. I ho puc entendre. Vull dir que si ets l'Elliot Gekewicz, segurament té molt més atractiu passar-te els dies perdut en els teus pensaments entre rèptils prehistòrics gegants que estar despert en la realitat de l'Escola Secundària Darkland.

O sigui que li vaig trucar. Primer vaig haver de respirar fondo, perquè allò era realment depriment, en certa manera. Però em vaig dir que no seria amic de l'Elliot, només volia preguntar-li unes quantes coses. Era com ser detectiu. Tenia un misteri i buscava pistes.

Una de les seves germanes es va posar al telèfon. Quan vaig preguntar per l'Elliot, hi va haver un llarg silenci. Vaig sentir un xiuxiueig.

Finalment la noia va dir:

—De part de qui, sisplau?

—Sóc en Russell Trainor.

—Ah. D'a... acord...

Vaig sentir més xiuxiueigs. Van deixar el telèfon... i després el va agafar l'Elliot i va dir:

—Digui'm?

—Hola —vaig dir—. Sóc en Russell.

—Ah. Hola.

—He hagut de passar un control de seguretat perquè t'hi posessis.

—Ah. Home..., és que he rebut unes quantes trucades no gaire agradables.

—Ja. Escolta, Elliot. Et puc preguntar una cosa? És que busco un expert.

—Un expert.

—Sí, això.

—Jo?

—Sí, sens dubte.

—Ah, d'acord! —va dir—. Des de quan t'interessen els dinosaures?

—No són els dinosaures, Elliot. És més aviat sobre els depredadors. De cop sóc l'objectiu d'un depredador. No sé si m'entens.

—Un depredador?

—Sí.

—Oh. —Hi va haver un llarg silenci. Finalment l'Elliot va dir:— Podríem parlar per l'Streaming?

—Ah, bé, com vulguis. D'acord. Per què?

—És més segur.

—Entesos, em connectaré. Quina adreça tens?

—Troo.

—Què?

—T-R-O-O. De troodon —va dir ell—. És petit però amb molt bona vista, amb un cervell insòlitament gran. I unes urpes com ganivets.

—Ah. En... tesos.

Vaig penjar i vaig engegar l'ordinador.

La nostra escola té una LAN, una xarxa informàtica local. Oficialment es diu SchoolStream, però tothom en diu KidNet, si més no els alumnes. A l'escola tothom té un compte, i una contrasenya que no pots dir a ningú. Pots accedir al teu compte des de qualsevol ordinador de l'escola, o des de l'ordinador de casa, si en tens. Pots enviar correus a qualsevol altre alumne i en pots enviar als professors; els pots preguntar pels deures o qualsevol altra cosa. Si estàs malalt t'envien els deures per correu. (Oi que bé?) També pots accedir a enciclopèdies, i pots descarregar-te problemes de pràctiques per als exàmens de mates, i qüestionaris per a estudis socials, coses així. Pots fer moltes coses.

Una altra cosa és MidStream. Nosaltres en diem Streaming. És on et trobes amb altres alumnes i hi xerres escrivint amb l'ordinador. Altres xarxes en diuen xat, o missatgeria instantània, o el que sigui. Ningú no hi pot entrar ni sentir la teva conversa sense que els altres ho sàpiguen. Suposo que per això l'Elliot volia parlar d'aquesta manera: podia saber si algú estava a l'aguait escoltant, com si jo fos l'instigador d'un nou complot per humiliar-lo.

Per escriure la teva adreça en el nostre sistema tens fins a cinc lletres. La meva era RussT, que jo trobava bastant enrotllada.

<RUSST>: Que hi ets?
<TROO>: Sí. Quin depredador?
<RUSST>: Un noi. De segon.
<TROO>: Oh.
<RUSST>: Quan t'empaita algú, tu què fas?

Va passar un minut sense dir res. Després, finalment:

<TROO>: No ho sé.
<RUSST>: No ho SAPS?
<TROO>: El millor és no ser-hi.

<RUSST>: I si t'està observant tota l'estona? Si sempre sap on vas?
<TROO>: Qui és?

Vaig sospirar. Finalment vaig picar:

<RUSST>: R Tucker.
<TROO>: Uau! Tiranosaure!
<RUSST>: Sí. Per què ho fa?
<TROO>: No ho sé. L'hi has preguntat?
<RUSST>: Sí, ara hi corro. Com puc fer que pari?
<TROO>: No pots.
<RUSST>: No puc?
<TROO>: El tiranosaure no para. Podries fer que en trobés un altre, però els tiranosaures no paren.
<RUSST>: He de poder fer alguna cosa.
<TROO>: No ser on sigui el tiranosaure.
<RUSST>: Però és que és a tot arreu. Ser més llest que ell? D'alguna manera?
<TROO>: Els tirans són més llestos del que es pensa la gent. Proporcionalment tenen la cavitat cerebral més gran que qualsevol presa de tiranosaure coneguda.
<RUSST>: Què?
<TROO>: És veritat.

Com he dit, l'Elliot pràcticament vivia a l'era dels rèptils. Vaig veure que si volia treure'n alguna cosa, jo també hi havia d'anar.

<RUSST>: Què FEIA la presa del tiranosaure?
<TROO>: Depenia del que podia fer.
<RUSST>: Sobrevivien, les preses del tiranousaure?
<TROO>: No gaires. Però mira, tampoc va sobreviure el tiranousaure.
<RUSST>: Però les preses que sobrevivien, com s'ho feien? Ho vull saber.
<TROO>: Quedem demà a la biblioteca de l'escola. Després de classe.
<RUSST>: Per què?
<TROO>: Et puc ensenyar unes quantes coses.
<RUSST>: I el tiranosaure què?
<TROO>: El tiranosaure no entra mai a la biblioteca!

Vaig pensar-m'ho un minut.

<RUSST>: D'acord. Després de classe.

Si més no, estaria segur una estoneta. I potser, només potser, se m'acudiria alguna cosa.

Control sorpresa

Quan vaig arribar a la biblioteca, l'Elliot ja tenia una taula tota plena de llibres de dinosaures. No crec que ningú més es mirés mai els llibres de dinosaures. Qui se'ls hauria pogut mirar en una escola a secundària?

Tenia tots els llibres oberts per una foto. Quan va aixecar el cap, li brillaven els ulls; després va comprovar ràpidament si hi havia anat sol. Vaig pensar que l'Elliot realment s'assemblava molt a un ocell, sobretot a un d'aquells tan petitons que es veuen a les platges, que van amunt i avall sobre unes potetes com escuradents, a tan poca distància de les ones que et fa l'efecte que s'ofegaran, però no s'ofeguen mai.

—Mira això —va dir, abans que jo tingués temps de seure. Assenyalava una foto d'un dinosaure esquelètic. Semblava un pollastre pelat i desnodrit—. És el gallimimus —va dir—. No tenia dents ni urpes, però podia córrer a seixanta quilòmetres per hora.

—Tant de bo pogués —vaig dir, deixant-me caure a la cadira.

—I aquests, els grans sauròpodes, els braquiosaures i els diplodòcids, podien fuetejar els agressors amb la cua.

—Elliot...

—Vull dir segurament.

—Eh?

—No ho sabem segur —va dir l'Elliot—. Fins i tot és possible que es poguessin aixecar sobre les potes de darrere. Veus aquesta imatge? T'imagines que se't llancés al damunt un braquiosaure de vuitanta tones? Fins i tot un tiranosaure hauria fugit.

—Parlant de tiranosaures...

—Però també crec que és possible que passessin molt de temps a l'aigua. Podien estar en aigües molt fondes, ara que hi penso. Podria ser que, als grans carnívors, no els agradés l'aigua. Fins i tot és possible que els fes por. —Va fer que sí orgullosament.— Aquesta és una de les meves hipòtesis. Tu què en penses?

—Home, doncs, per a mi... cues que fuetegen, aigües fondes, tonatges immensos... —Vaig moure el cap.

—Ja ho sé... no semblen bones defenses —va dir l'Elliot—. Però els herbívors feien servir el que podien. Ho entens? —Vaig arronsar les espatlles. L'Elliot obria més llibres, buscant pàgines concretes. Començava a preguntar-me què hi feia jo, allà—. Evidentment els estegosaures tenien la cua punxeguda —va dir—. Oi que devia ser massa? I els anquilosaures, els dinos cuirassats, tenien un os rodó a la cua. Gronxaven la cua i, oooh..., crani fracturat.

Va somriure. Vaig estirar el braç i vaig tancar el llibre. El seu somriure es va esfumar en una expressió desconcertada.

—He de saber què puc fer —vaig dir. L'Elliot va pestanyejar—. En la vida real. Ja t'ho vaig dir. —Va tornar a pestanyejar. Vaig mirar al meu voltant i em vaig abocar per sobre la taula.— Mira —vaig xiuxiuejar—. Aquest noi està fonamentalment decidit a destrossar-me la vida. Vol que tingui por tot el dia. Què fas tu... no et vull ofendre, però què fas tu en aquestes situacions? —L'Elliot no va dir res. Va mirar a terra.— D'acord —vaig dir finalment—. O sigui que... em pots parlar d'estratègies de supervivència?

—Sí! Sí, com els dromaeosaurus. Tenien una urpa enorme i esmolada, només una, que els sobresortia de les potes de darrere. Podien obrir el ventre a un dino més gran.

—Obrir-li.

—Sí —va dir, amb una mirada somniosa. Em vaig tirar enrere mentre l'Elliot tornava a remenar els llibres. Almenys aquí estic segur, em vaig dir. No et pot passar cap mal en una biblioteca. Mira... ho veus? —L'Elliot aguantava una imatge d'un cap enorme de ratlles. Tenia un ventall protuberant al darrere, i una corona d'espines i un nas de trompa gegant. S'ha de reconèixer que era impactant.— Aquest és l'estiracosaure —va dir—. Només li calia girar-se i mirar-te amb aquest cap. Crec que aniries a buscar un altra víctima per fastiguejar.

—Sí, però, i els dinosaures que no tenien banyes, ni cuirasses, ni espines, ni boles, ni urpes? Ni velocitat ni immensitat? Hi havia dinosaures sense cap d'aquestes coses, oi?

—I tant. Molts. De grans i de petits.

—I què feien?

—Viatjar en ramat, sobretot. Duien els joves, petits i dèbils enmig.

—I això foragitava els assassins? De veritat? —Vaig tenir una imatge mental d'un bon grapat de nanos: nens escanyolits, nens petits, nens matussers, nens grassos, nens amb els cabells estranys, nens amb ulleres gruixudes, nens que ensopeguen amb les esquerdes de la vorera. Avançaven junts pels passadissos, tots amb una samarreta que deia: «ramat d'idiotes».

Jo no era d'aquest grup. Estava claríssim que jo no era d'aquest grup.

—Els depredadors esperaven fins que podien llançar-se sobre un reressagat —va dir l'Elliot—. Però segurament no atacaven tot un grup.

—Per què no?

—Els cervells dels depredadors no solien ser gaire grans. Si un grup s'escampava en totes direccions segurament es desorientaven. —Em vaig tirar enrere i em vaig imaginar aquell noi gran i imbècil abalançant-se sobre el grup de samarretes blanques, i nens corrent en totes direccions, arrossegant-se per terra buscant les ulleres perdudes i traient dinars i equip electrònic de les motxilles per apaivagar la bèstia brutal, que es desorientava i es quedava quieta amb el gran cap bellugant-se d'un cantó a l'altre, envoltat d'ulleres de muntura de metall i calculadores de gràfics i entrepans de mortadel·la i mantega de cacauet.

—És clar que el tiranosaure era diferent —va dir l'Elliot—. S'estava a l'aguait entre la vegetació a prop d'una clariana o un rierol. Quan apareixia la presa, atacava amb la mandíbula ben oberta. Al tiranosaure, tant se li'n donava que un ramat fos gran! Sempre n'enganxava alguna.

De cop, al cap només tenia la cara d'en Richie. Em mirava als ulls. Aixecava les celles.

Em vaig esfondrar a la cadira.

—Que bé —vaig dir.

Va entrar una noia i va seure en una taula entre nosaltres i la porta. Era del nostre curs i es deia Catalina. Era nova d'aquest any i diferent: alta i prima, amb ulleres quadrades grosses i els cabells llisos i molt foscos, gairebé negres, recollits darrere les orelles. La seva cara tenia el color d'un gelat de cafè i rere les ulleres tenia una mirada inexpressiva.

Això és el primer que vaig notar de la Catalina, la falta d'expressió que tenia al començament de l'any, quan era la noia nova que presentaven a la nostra classe d'estudis socials. La senyoreta Hogeboom, que caçava les oportunitats al vol, va demanar a la noia nova que parlés una mica d'ella mateixa.

La noia nova es va aixecar. Tothom va començar a murmurar.

—Sóc dels afores de Manila. A les Filipines —va dir ella, i va seure.

Els murmuris es van tornar rialletes.

—No cal que t'aixequis per intervenir, Catalina —va dir la senyoreta Hogeboom—. Això és el que fan els alumnes a les Filipines?

La Catalina ja s'estava tornant a aixecar, però es va aturar.

—A la meva escola, sí —va dir, mig ajupida, com una llagosta.

Més rialletes. Ella va tornar a seure ràpidament.

—Silenci, sisplau —va dir la senyoreta Hogeboom en veu molt alta. Quan la classe es va calmar, va dir—: Vejam, Catalina. Com és que has vingut a aquest país? No cal que t'aixequis.

—El meu pare és de Ohio —va dir ella—. Era a Manila per la seva empresa. Va decidir tornar.

—Ah, ja ho entenc —va dir la senyoreta Hogeboom, i es va mirar la resta de la classe amb una expressió complaguda, com dient: «Veieu com podem avergonyir una persona quan ens hi esforcem tots plegats?». Perquè aleshores la meitat dels nens de la classe —sobretot les nenes— tornaven a murmurar i riure. Tothom es mirava la Catalina, que seia molt dreta i mirava directament endavant, sense cap expressió a la cara.

La Catalina va seure a una taula de la biblioteca i va descarregar una pila de llibres de la motxilla. Jo l'observava per sobre l'espatlla de l'Elliot, que estava absort en els seus llibres. La Catalina va obrir un llibre i també es va quedar absorta. A través de la porta, darrere d'ella, va entrar una colla de nenes de primer.

Eren quatre, caminant juntes gairebé de puntetes com si s'aguantessin la respiració. Se'ns van acostar mirant dissimuladament la Catalina, que els donava l'esquena. Al centre del grup hi havia la Bethany DeMere.

La Bethany DeMere és la reina del grupet més desitjat de nenes de primer. És popular, i és una d'aquestes persones que saben què han de dir per deixar-te mut. Moltes vegades no diu res de res, només aparta la mirada i belluga el cap de manera que els cabells li ondulen sobre l'esquena. Els té llargs, rossos i ondulats, i ella sap que criden l'atenció. Si et vol demostrar que no val la pena ni mirar-te o escoltar-te, els belluga quan es gira i sospira o posa els ulls en blanc dirigint-se a algú que sí que val la pena mirar i escoltar. Evidentment, per a ella jo no existia. A mi ni tan sols valia la pena fer-me una sacsejada de cabells.

La Bethany i la seva colla van passar pel nostre costat com si tinguessin molta pressa, com si no tinguessin espera per fer el que havien vingut a fer. Es van ficar entre les prestatgeries i vaig sentir que xiuxiuejaven i s'aguantaven el riure.

Al cap de poc, la Catalina es va aixecar i es va acostar a l'ordinador dels catàlegs. Dos segons després que marxés, la colla DeMere va sortir de les prestatgeries. Les noies van caminar ràpidament fins que van arribar a l'alçada dels llibres i el quadern de la Catalina, on una d'elles va aixecar el braç per sobre la vora de la taula.

Va deixar caure un paper plegat al costat dels llibres de la Catalina. El paper va rebotar una vegada i es va quedar allà.

Tan bon punt les noies van travessar la porta es van petar de riure. Després es van sentir els seus passos ràpids baixant pel passadís.

L'Elliot continuava amb el nas ficat als llibres.

—Ei, mira't això —va dir. Vaig aixecar una mà. Va arrugar el front. Em vaig posar un dit davant dels llavis i vaig assenyalar per sobre la seva espatlla—. Què? —va xiuxiuejar. Vaig assenyalar el paperet—. Què? —va dir—. Allò?

Vaig fer que sí amb el cap.

La Catalina va tornar. L'Elliot va arronsar les espatlles i es va tornar a perdre en els llibres. Vaig abaixar el cap, però vaig continuar observant.

Un cop a la taula, la Catalina es va aturar. Va detectar el paper de seguida i es va quedar parada. Aleshores va recollir a poc a poc els seus llibres, els va deixar a la motxilla, se la va penjar de l'espatlla i se'n va anar.

Va deixar el paper doblegat a la taula.

—Psst —vaig dir.

L'Elliot va aixecar el cap. Vaig fer un gest per sobre la seva espatlla, indicant el paper. Ell va girar el cap per mirar, però després va arronsar les espatlles.

—Agafa'l —vaig murmurar.

—Per què?

—Perquè estàs més a prop.

—Però, per què?

—Perquè... perquè el vull veure. D'acord?

Va fer un cop d'ull al voltant, es va estirar per sobre la taula, va agafar el paper i va tornar enrere.

Amb un dit me'l va acostar. Estava molt ben plegat, amb força. El vaig desplegar amb compte.

Deia:

Control sorpresa
P: Hi ha alguna escola especial per a persones de llocs estranys que s'assemblen a l'Olívia Oyl i són del color de la diarea?
R: Esperem que sí!

Al marge, una d'elles havia escrit (*del Popeye*) amb una fletxa assenyalant *Olívia*, perquè quedés clar.

L'Elliot em va mirar.

—D'on ha sortit, això?

—Ja coneixes la Bethany DeMere.

—Doncs la veritat és que no.

—Elliot.

—Què?

—Això és fastigós.

Ell s'ho va mirar.

—Em sembla que diarrea està mal escrit —va dir—. Estic força segur que va amb dues «r».

Em vaig aixecar.

—Anem —vaig dir.

—Eh?

—Anem... corre!

—Però... i el tiranosaure?

—Deixa't estar de tiranosaure.

Ja era a la porta i l'Elliot s'afanyava darrere meu.

Anatosaure

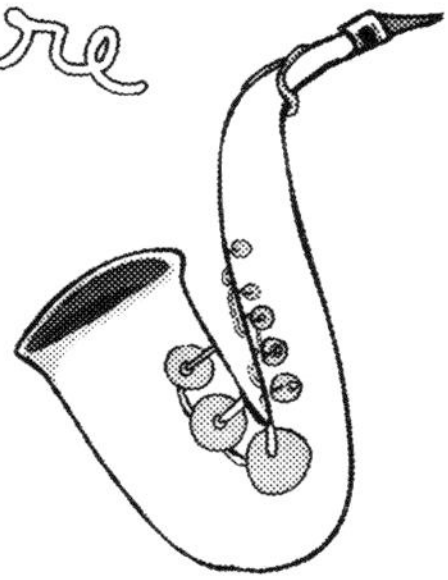

Vaig arribar al passadís just per veure que una de les portes d'incendis es tancava lentament. A través del vidre vaig veure la part de dalt d'un cap negre botant per l'escala.

—Anem —vaig tornar a dir.

—On? —va dir l'Elliot—. Per què? —No parava de mirar a tots cantons, atent als perills. Però el passadís era buit.

—Mira. T'agrada veure que tracten els altres... com et tracten a tu?

L'Elliot em va mirar directament.

—No.

—Doncs anem a parlar amb ella.

—Parlar amb qui? —L'Elliot va decantar el cap com un cadell. Em vaig adonar que estava tan absort en els seus dinos que no havia vist res.

—Coneixes la noia nova, la Catalina?

—L'alta i prima?

—Sí.

—La de les ulleres grosses?

—Sí.

—Era a la biblioteca.

—Sí.

—S'assembla una mica a una salamandra —va murmurar l'Elliot, amb els ulls somniosos—. Com un tritó molt llarg.

—D'acord. La Bethany i les seves amigues han entrat i li han deixat una nota perquè la veiés.

Va pestanyejar.

—Ah, sí?

—Sí.

—L'ha mirat?

—No. Però crec que sabia què era. M'ha semblat que no devia ser la primera vegada.

L'Elliot va assentir lentament.

—Bé... i?

—Ha baixat. Almenys crec que ha baixat. Anem a parlar amb ella.

—Per què?

Ja hi tornàvem a ser, de nou on havíem començat. I la veritat és que no estava segur del perquè.

—Vejam —vaig dir—. Saps quan parlaves d'aquells dinosaures indefensos? N'hi havia de grans i de petits...

—I tant, com els hadrosàurids. Els anatosaures. No tenien ni urpes. Has vist mai com eren?

—Sí. Vull dir, no. Però el que vull dir és que si un d'aquells dinos indefensos hagués estat sol, ho hauria tingut més cru, oi?

L'Elliot va estar-hi d'acord.

—Es pot dir que estaria mort. Tard o d'hora.

—Ja.

—A Montana han trobat fòssils que demostren que els hadrosàurids s'agrupaven al voltant dels nius. Protegien les seves cries. Sembla que només els dinosaures feien això.

Ai Senyor! Però vaig continuar intentant-ho.

—I si aquesta noia nova estigués separada del seu grup habitual, del seu ramat o el que sigui? I si anéssim a veure-la, per saber... si està bé?

—Vols dir si fóssim com anatosaures?

—Home, no volia dir...

—Sí, i tant! Som-hi! —va dir l'Elliot, i se'n va anar escopetejat per l'escala.

El soterrani de l'Escola Darkland és fosc i sembla una masmorra, però és on hi ha les aules «especials», o sigui que no està tan malament. L'aula d'art, l'aula de música i el laboratori d'informàtica són tots a baix. Buscant la Catalina, ho vam mirar tot. Les taules de l'aula d'art esquitxades de pintura eren plenes d'ampolles de plàstic amb pintura groga, blava i vermella endurida al coll. No hi havia ningú. El laboratori d'informàtica estava ple a vessar, com sempre, de nanos absorts davant de les màquines sorolloses. Però no hi havia cap nena amb ulleres i els cabells gairebé negres.

Al costat hi havia la sala de la caldera. La porta de persiana gruixuda estava tancada.

—Podria ser aquí dins —va dir l'Elliot.

—A la sala de la caldera?

—Home. Podria...

Un soroll horrorós va venir de vés a saber on.

—Què ha sigut això? —vaig exclamar.

L'Elliot es va animar.

—L'hadrosàurid crestat podria haver fet un soroll semblant! —va dir—. Tenia un os llarg corbat a la cresta que es bellugava endavant i endarrere dins de la seva cavitat nasal. Com una mena de banya, saps? Devia sonar...

—Sruuup! Clonc!

—Així —va xiuxiuejar, emocionat.

—L'aula de pràctiques —vaig dir—. Anem.

Al soterrani, davant de l'aula de l'orquestra, hi ha l'aula laberíntica de pràctiques de música, plena de compartiments. Haurien d'estar insonoritzats, els compartiments, però només són panells encoixinats d'un metre i mig d'alt. He vist el mateix a les oficines bancàries. Mentre assagen, els nens no es veuen els uns als altres, però se senten. De vegades, quan passes pel costat, tot plegat sona com un gran guirigall.

Aquesta vegada l'aula de pràctiques semblava buida. Vam començar a explorar entre els compartiments, de fora endins.

—Grrrrrr! Xuaaa... Auuuc!

Vam seguir el xivarri fins que vam veure la Catalina.

Estava asseguda, arraulida en una cadira blava de plàstic, d'esquena a nosaltres, aguantant un gran saxo. Va abaixar el cap i va arronsar les espatlles; es preparava per tornar a bufar.

—No! —va cridar l'Elliot—. Espera! —Es va tapar les orelles amb les mans i va retrocedir.

La Catalina es va girar just quan l'Elliot queia en una cadira que tenia darrere, que tenia rodetes... o sigui que va rodar, es va decantar i es va estavellar contra un faristol, i tant el faristol com la cadira van caure dins d'un compartiment mentre l'Elliot queia al darrere, enganxava una altra cadira amb un braç, i aquesta cadira —que tenia un munt de partitures a sobre— es girava i li queia al damunt. Les rodetes de la cadira van continuar rodant. Les partitures es van escampar per terra. L'Elliot va quedar sota les restes del desastre.

Vaig somriure movent el cap. Increïble. Els ulls de la Catalina, ampliats rere les ulleres, eren enormes.

—Eh... hola —va dir l'Elliot, saludant amb la mà.

—Hola.

—Toques fatal.

La Catalina va mirar tristament el saxo. Va fer que sí amb el cap. Vam esperar que digues alguna cosa, però no va dir res.

—Una vegada vaig provar de tocar el trombó —vaig dir—. Fins i tot vaig anar a classe. Però sempre sonava com un ant borratxo.

La Catalina em va mirar.

—Com sona un ant borratxo?

Vaig arronsar les espatlles.

—Tens un trombó?

Ella va somriure, gairebé sense bellugar la resta de la cara.

—Russell —va dir l'Elliot—. Em podries treure tot això de sobre, sisplau?

—D'acord. —Vaig posar dreta la cadira. L'Elliot es va moure fins que va aconseguir seure.

La Catalina es va mirar el seu saxo.

—Només el tinc llogat per un mes, per provar-ho —va dir ella—. Segurament sono com un ase guillat.

—L'Elliot diu que és més aviat com... què era?

—Un hadrosàurid crestat.

—Un anatosaur —va dir la Catalina.

La cara de l'Elliot es va il·luminar.

—Sí. I aquelles crestes eren com botzines. Eixordaven tot el bosc quan s'acostava un depredador.

—Jo trobo que eren bufons —va dir la Catalina.

—De... de debò?

—Sí —va fer que sí amb el cap—. Com els edmontosaures. Aquella cara tan tendra i ximpleta. T'agafen ganes de fer-los festes.

L'Elliot va sortir de l'escampall.

—I tant. No tenia la cresta —em va explicar—, però podria ser que tingués un gran globus de pell al capdamunt del cap. Potser el podia inflar, per fer soroll o per avisar o vés a saber.

—Sí —va dir la Catalina—. T'imagines totes aquelles botzinades sentint-se pel bosc? Devia ser increïble. Tot un sistema de comunicació.

Vaig bellugar el cap, somrient d'incredulitat.

—Quina comunió de pensament —vaig dir.

Llavors va ser quan la Catalina va veure el paperet doblegat que jo tenia a la mà.

La cara se li va encongir en una màscara impenetrable. Es va girar i va començar a desmuntar el saxo i a desar-lo a la funda.

—Què? —va preguntar l'Elliot—. Què passa?

—Si heu vingut a donar-me això —va dir sense girar-se—, ja podeu marxar. On vulgueu.

—Marxar on? Portar què? —l'Elliot em va mirar. Vaig aixecar la mà en què duia la nota.

—Oh —va dir—. Ei... nosaltres no...

La funda es va tancar de cop. La Catalina va agafar l'instrument pel mànec i va intentar passar pel nostre costat. Era un cap més alta que jo.

—Ei —vaig dir—, no ho hem portat per donar-t'ho. Hem vingut a buscar-te perquè pensàvem que és fastigós.

Ella es va parar.

—Sí —va dir l'Elliot—. Nosaltres també som hadrosàurids.

—Home —vaig dir—, el que vol dir és...

—Què? —va dir ella.

—Som com els herbívors en un pantà de rèptils assassins —va dir l'Elliot, i va somriure.

—Home —vaig dir—. No tots...

—El meu preferit era el diplodocus —va dir ella—. Crec que era molt bufó.

—Bufó? —va exclamar l'Elliot—. Si feia nou metres d'alt!

—Ja ho sé —va dir la Catalina somrient.

Vam pujar junts les escales.

—Tots els herbívors tenien un depredador? —vaig preguntar.

—Alguns en tenien més que altres —va dir la Catalina.

—Aquest sóc jo —va dir l'Elliot.

—Tens més d'un depredador?

—Els tinc tots. —L'Elliot em va mirar.— O no?

—Si fa no fa —vaig dir.

—En Russell només té un tiranosaure.

—Sóc en Russell —vaig dir—. Ell és l'Elliot.

—Jo sóc la Catalina.

—Ja ho sabem —va dir l'Elliot—. Crec que la Bethany i les seves amigues són com aquells carnívors de grandària mitjana que caçaven en ramat. Els coneixes, els velociraptors?

—De la pel·lícula —va dir la Catalina—. Amb l'urpa tallant.

—Sí! I jo sóc com el troodon.

—No el conec.

—No era gaire gros, però també tenia urpes tallants.

—Sí que ets tu, sí —vaig dir. Baixàvem pel passadís

cap a la porta principal. De sobte vaig pensar en el que m'esperava fora. Vaig parar.

—Doncs jo vull saber què podem fer —vaig dir—. Però de veritat.

—Es refereix als depredadors —va explicar l'Elliot a la Catalina—. Creu que hi podem fer alguna cosa.

—I per què no? Hi hem de poder fer alguna cosa —vaig dir—. Alguna feblesa. Alguna estratègia. Perquè tots aquells dinosaures indefensos no eren del tot indefensos, oi? Tots van crear alguna estratègia per sobreviure.

—Tots els dinosaures van morir —va dir la Catalina.

—Entesos. D'acord. Però... i aquells petits personatges peluts? Els mamífers i tota la pesca. Els ornitorincs.

—Els ornitorincs? —va dir l'Elliot.

—Sí... els animals que van sobreviure. Van crear alguna estratègia, oi? Per sobreviure.

—No van ser ells —va dir la Catalina—. Va ser l'evolució.

—Entesos. D'acord. Doncs evolucionem.

L'Elliot em va mirar fixament.

—Vols que ens convertim en petits mamífers peluts, que ponen els ous ajupits sobre el fang?

La Catalina va somriure.

—Són hadrosàurids —va dir ella.

—Ei. Sí!

—Oh, voleu parar? —vaig esclatar. Van parar.

—Sabeu què? —vaig dir reculant—. Jo no puc amb

tot això, entesos? Jo tinc un problema de veritat, i segurament és allà fora ara mateix, esperant-me. I no digueu res dels tiranosaures. No és un món de fantasia, eh? No podem fer veure que estem en un altre lloc quan rebem una pallissa. —L'Elliot va mirar a terra. Em vaig sentir malament, però no hi podia fer més.

—Em pensava que potser em podríeu ajudar a pensar alguna cosa —els vaig dir, ara més tranquil— i a entendre per què aquesta persona fa certes coses i què hi puc fer jo perquè pari. Però suposo... no ho sé. Suposo que no era gaire realista. En fi —vaig dir a la Catalina—, encantat de coneixe't.

Vaig pensar que ella i l'Elliot podien ser amics. Que seria bo per a ells.

Vaig anar cap a les portes grans, i vaig veure la llum de fora filtrant-se per les juntures. Em va començar a agafar por.

—Els podríem estudiar —va dir la Catalina, darrere meu—. Com científics.

Vaig parar.

—Qui?

—Els depredadors —va dir l'Elliot—. Sí.

Em vaig girar a poc a poc.

—Com?

La Catalina va arronsar les espatlles.

—Podríem experimentar.

—Sí! —va dir l'Elliot.

—Com?

—No n'estic segura —va dir la Catalina—. Potser

nosaltres mateixos podríem fer algunes coses de manera diferent. Amb ells. Per veure què passa.

—No paro de buscar rutes diferents per tornar a casa, però sempre que vol em troba —vaig dir—. Només voldria saber per què jo. Per què m'ha triat a mi.

—Per què no l'hi preguntes? —va dir ella. Ni tan sols sabia de qui parlava, però era com si no l'hi calgués. Ho entenia.

—Sí! —va exclamar l'Elliot—. Con un científic. Potser així l'entendries.

—Suposo que és possible —vaig dir.

—Almenys faríem alguna cosa —va dir la Catalina.

—Em podria matar.

—No, no —va dir l'Elliot—. Estem buscant una cosa diferent.

Vaig somriure i vaig empènyer les portes per obrirles. Em vaig parar parpellejant, enlluernat amb la claror.

—Seríem com detectius —va dir l'Elliot, acostant-se per darrere—. Resolent misteris estranys.

Els autobusos ja havien marxat i també els cotxes dels pares i els alumnes. No el vaig veure. I ja era a mig camí de casa quan em vaig adonar que amb l'Elliot i la Catalina no havia dit res estrany ni fora de lloc. Encara que tampoc s'hauria notat. Amb aquell parell, no.

L'experiment

Aquella nit, mentre rentàvem els plats, vaig parlar a la meva mare de l'Elliot i la Catalina.

—La cosa és que són una mica rarets.

La mare es va repenjar a la cuina i va plegar els braços. Ai.

—Per què ho dius, això? Que no són persones?

—Sí, sí.

—I doncs?

—Res, mare, ja està?

—No, no està. Què és el que fa que algú sigui raret? No ho he entès mai.

—Això és perquè tu ets... d'això... científica. (La mare és enginyera mediambiental. És funcionària.)

—Ah, i sóc rareta? —va somriure—. Es tracta d'això... de ser científica? —va esbandir un plat i me'l va passar.

—Dona..., no exactament. Més aviat es tracta que els altres noten que no són com ells —vaig desar el plat al seu lloc.

—I és molt important ser com tots els altres? —va preguntar la mare—. De veritat que ho és?

Només me la vaig mirar. És per això que no tenim ni idea de res...? Pels nostres pares? És genètic? Estic condemnat?

Em vaig encongir d'espatlles.

—No ho sé.

—Entesos. És important. Me'n recordo. Però el que vull dir és: són macos? Aquell parell?

—Dona, sí. Vull dir que estan una mica desfasats, però crec que estan bé. Llavors..., llavors hi ha un altre noi. És més gran i més gros. I li ha agafat la mania de fer-me por.

Va girar el cap de cop.

—Què vols dir, fer-te por?

—Doncs, bàsicament és un depredador. I jo sóc la seva última presa.

La mare es va repenjar a la pica. Va tornar a encreuar els braços.

—Per què?

—Aquest és el problema, que no ho sé. —Fico l'últim vas i tanco la porta del rentavaixelles.— Aquells altres dos creuen que l'hi hauria de preguntar.

La mare va somriure.

—Vols dir com un enfocament científic?

Vaig mirar a terra.

—Sí. És estrany, oi?

—No, la veritat és que no ho trobo gens estrany. Si aquest noi t'ha estat molestant i tu li preguntes per què, crec que seria una cosa molt valenta.

—Sí? Creus que ho hauria de fer?

—Doncs, potser no.

—Què?

—No ho sé —va dir ella—. Si aquest noi és perillós, potser te n'hauries de mantenir lluny. No el pots evitar i prou?

—Fa dies que miro d'evitar-lo, però no funciona. He de trobar la manera de fer que pari. I si ho provés, com una mena d'experiment, de preguntar-li per què ho fa?

Va encongir les espatlles.

—A veure, què és el pitjor que podria passar?

—No ho sé —realment no ho sabia—. Suposo que em podria dir que callés i toqués el dos.

—Potser marxaria ell —va dir la mare, mentre apagava el llum de la cuina.

—Això ja m'estaria bé —vaig dir, i la mare va riure.

<RUSST>: Vull saber què he de dir. Com preguntar-l'hi.
<TROO>: M'ho preguntes a mi?

Vaig bellugar el cap davant de la pantalla. A qui volia que ho preguntés?

<RUSST>: Tu mai has volgut preguntar per què a algú? Per què tu?
<TROO>: Sí.
<RUSST>: Però no ho has fet mai?
<TROO>: No.

<RUSST>: Què preguntaries si poguessis?
<TROO>: Què et sembla... Com preferiries morir?

Uau. Potser era millor que l'Elliot es quedés a l'Era Juràssica. Vaig començar a teclejar ràpidament.

<RUSST>: Però, quin seria... l'enfocament científic?
<TROO>: Tinc una teoria. Prova-la.
<RUSST>: D'acord, quina teoria?
<TROO>: Que ho fa perquè algú li està fent a ell.
<RUSST>: Què? A en Richie no li fa ningú res.
<TROO>: Aleshores què?
<RUSST>: Home... li agrada veure que tinc por. Li agrada perquè tinc por.
<TROO>: Li dóna poder.
<RUSST>: Sí. Control. Ja hi havia pensat.
<TROO>: Si l'hi preguntes, això li farà perdre el control?
<RUSST>: Com? Com si fos màgia?
<TROO>: No. Però no t'estarà dominant si tu l'hi preguntes.
<RUSST>: Potser sí.
<TROO>: Ho intentaràs?
<RUSST>: No ho sé.
<TROO>: Prova-ho. D'acord?
<RUSST>: Per què?
<TROO>: Només espero que ho provis.

M'ho he rumiat.

<RUSST>: Intentaré intentar-ho.
<TROO>: D'acord. Intenta-ho.

L'endemà. Després de classe. Vaig respirar fondo i vaig tirar per Chamber Street.

Estava repenjat en un arbre, al costat del carrer. Tan bon punt el vaig veure em va pujar una paret per dins. No podia passar de llarg... no podia. Aleshores, es va girar, va aixecar les celles i va somriure amb aquell somriure cregut.

Això va ser massa. Vaig anar cap a ell.

—Per què? —vaig dir.

Les celles d'en Richie es van tornar a arquejar, però més aviat amb sorpresa. Es va abocar cap a mi.

—Parles amb mi?

Vaig recular.

—Doncs, sí, perquè m'agradaria saber per què. Per què jo? Què t'he fet?

Es va acostar més.

—Ja saps què has fet.

—D'acord... sí. Però tu t'hi has tornat, oi? Per què no s'ha acabat?

—Ja t'ho vaig dir..., no s'acaba mai —va grunyir.

—Però, per què?

Va decantar el cap.

—Et tornaràs a posar a plorar, xaval?

Però jo no plorava.

—Per què és tan important per a tu? —vaig preguntar—. Necessites concentrar-te en algú o què?

Es va tirar enrere.

—Què vols dir «concentrar-me»?

—Això és el que voldria saber.

Em va clavar una empenta.

—No t'adones de res, oi? No hi ha res per saber. Faig el que vull fer. T'ha quedat clar?

—Però, per què?

Va fer una rialla burleta.

—Xaval, sempre que et penses que ets molt llest, ets estúpid. D'acord? Sempre que et penses que ets llest. Pensa-hi.

—Jo no crec que sigui llest.

—Doncs jo tampoc —em va picar el pit—. Jo crec que no ets ningú. Perquè no ets ningú.

Es va acostar més a mi i va començar a parlar a poc a poc.

—I si mai, i vull dir mai, em tornes a parlar...

—I si algú t'ho fes a tu? —vaig dir—. Com et sentiries si algú volgués convertir la teva vida en un infern i no sabessis per què? Com...

Pam!

Un puny trencaossos em va picar la cara. El cel es va fondre... vaig picar a terra amb el cap.

Em vaig incorporar una mica tapant-me la cara amb els braços. El cap em bategava. Del nas em rajava alguna cosa humida i fosca cap a terra.

Vaig mirar... veia en Richie borrós, tremolós. Tot es va tornar incert i blanquinós. Tenia ganes de vomitar.

Algú em va agafar per una aixella i una cama i em

va treure del carrer. Em va estirar. L'herba era fresca i tova. Els peus de la persona es van allunyar, després van tornar, i vaig sentir que la motxilla queia al meu costat.

Els peus es van allunyar de pressa. Vaig mirar. Era en Richie, que caminava ràpidament.

D'alguna manera em vaig arrossegar fins a casa, aguantant davant de la cara uns tovallons xops de sang que havia trobat a la motxilla del dinar que em preparava la mare. Al lavabo vaig seure molta estona a terra. Vaig seure i prou. Em bategava la cara, i cada batec em feia mal.

Finalment em vaig aixecar. Em vaig mirar al mirall del lavabo. Tenia una zona multicolor al voltant del pòmul dret, sota l'ull, sobretot tons de violeta, gris i blau, i algunes arrugues vermelles. Vaig mullar una tovallola i amb molt de compte em vaig esbandir les restes de sang. Després tot es va tornar blanquinós i borrós una altra vegada. Com vaig poder vaig arribar a la meva habitació i em vaig estirar al llit.

Vaig sentir una sacsejada. Una mà a l'espatlla m'estava despertant suaument.

—Russell? Què fas... Oh, Déu meu!

Es va asseure. Em vaig incorporar una mica repenjant-me al coixí.

—T'ha pegat. Aquell noi t'ha pegat.

Vaig fer que sí i em va fer mal. La mare es va ajupir per mirar-me.

—Com ho tinc? —vaig preguntar.

—Home... tens colors interessants.

—Ja m'ho pensava.

—Què ha passat?

—Li he fet unes quantes preguntes.

—No li ha agradat.

—No, de fet, al començament només s'ha comportat com un idiota, però llavors... —em vaig tocar la cara—. Au. —El batec sord i ràpid tornava.

La mare es va aixecar.

—Com es diu? —va preguntar.

—Richie Tucker. Per què?

Es va quedar rumiant, com si no m'hagués sentit.

—Aquest noi té més problemes que tu —va dir al final—. I un d'aquests problemes seré jo.

Va anar cap a la porta.

—Mare.

—Què?

—No ho facis.

—Que no faci què?

—No truquis. No facis res.

—Que no faci res? Per què no?

—Perquè només ho embolicaràs més. Pensa-t'ho bé. Tothom sabrà el que passa... —em vaig assenyalar la cara—. I si la meva mare es posa a cridar o a fer coses...

—No penso cridar ni fer coses.

—Doncs no ho facis, entesos? Estic bé. T'ho prometo.

Em va mirar decantant el cap. Tenia els ulls humits.

—Fill, ho sento —es va posar a plorar—. Perdona'm. Em sento tan responsable.

—Per què? —vaig preguntar—. Tu no has fet res.

—Et vaig dir: «Què és el pitjor que et pot passar?» —va sacsejar el cap—. Hauria d'haver-ho previst.

—Com?

Es va mocar i va arronsar les espatlles.

—Perquè és un noi —va dir.

—Crec que s'ha sentit malament.

—Ah, sí? Per què?

—M'ha ajudat. Després de pegar-me.

—T'ha ajudat?

Vaig assentir.

—M'ha tret del mig del carrer.

Ella em va mirar amb la boca oberta. Es va posar tota vermella.

—T'ha pegat i has caigut al mig del carrer?

—Doncs... sí.

Es va aixecar.

—Ho sento —va dir—. No faré res més. Si un adult fes això a un altre, el ficarien a la presó. Per què ha de ser diferent amb els nens?

—No ho sé. Perquè som nens?

—Un nen així continuarà fent aquestes coses a la gent, quan es faci gran. Si no l'atura algú.

Se'n va anar. Va tornar amb una bossa de gel.

—Aguanta-te-la a sobre, amb molt de compte —va dir—. Vaig a telefonar a la directora.

—No.

—Li trucaré a casa, entesos? Discretament. Crec que ho ha de saber.

Se'n va anar. Em vaig quedar una estona estirat amb la bossa de gel. Després em vaig girar i vaig engegar l'ordinador. Immediatament va aparèixer un missatge de l'Elliot. Li vaig explicar el que havia passat i el que havia dit la meva mare.

<RUSST>: Ho dirà a la directora.
<TROO>: No t'hi amoïnis. La directora no farà res.
<RUSST>: Com ho saps?
<TROO>: No fai mai res. És molt rara. Com tens la cara?
<RUSST>: Sencera.
<TROO>: Pots picar bé?
<RUSST>: Amb la cara?
<TROO>: No, vull dir si pots teclejar.

Vaig mirar fixament la pantalla. Sí, ves, l'Elliot viu en un univers alternatiu.

<RUSST>: Suposo que sí. Per què?
<TROO>: Escriu el que ha passat. M'ho envies.
<RUSST>: Per fer què?
<TROO>: Era un experiment, has de documentar el resultat. És el que fan els científics.
<RUSST>: O sigui que ara som científics?
<TROO>: No, som sacs de boxa. Ho escriuràs? Escriu el que ha passat.

<RUSST>: D'acord, ho faré.
<TROO>: Envia-m'ho. Adjunta l'arxiu a un missatge. És fàcil. Ho faràs?
<RUSST>: D'acord, d'acord!

No en tenia cap ganes, i tenia deures a fer. Però vaig sortir, vaig mirar la pantalla i vaig començar a teclejar.

La noia rara

—Em va fer sentir bé, escriure-ho —vaig dir l'endemà.

—És que estava bé —va dir l'Elliot—. Ho vaig llegir.

—Què estava bé? —va dir la Catalina.

Érem a la taula del menjador del racó, al costat del taulell dels entrepans Bun Appetit. L'habitual enrenou de l'hora de dinar rebotava per les parets.

—Va escriure el que li havia passat —va explicar l'Elliot—. Només va descriure els fets.

—Tu ho has provat alguna vegada? —vaig preguntar—. Vull dir després que algú et fes alguna cosa. —L'Elliot va mirar a terra. No va dir res. Finalment, jo vaig dir:

—I... i ara què en farem?

—Guarda-ho! No ho perdis.

No ho vaig entendre.

—Per què?

—No ho sé... perquè és informació. Som investigadors científics, oi? Necessitem recollir dades. Això és...

—Això és el que fan els científics. Ja ho sé. Això és el que tu dius. —La Catalina estava asseguda amb l'esquena molt dreta, al costat de l'Elliot, mirant al buit com si només hi fos a mitges. Vaig pensar: «quin parell».

—Ara —vaig dir-li—, potser tu podries fer el següent experiment.

La Catalina va parpellejar.

—Què?

—Dona, ara... podries dir alguna cosa diferent a la Bethany. O fer una cosa diferent. A veure què passa.

A la Catalina se li van obrir molt els ulls i va murmurar:

—No puc.

—Per què no?

—És que... no podria parlar amb ella. No m'ha parlat mai. Només parla de mi.

—Ah, sí? —vaig dir—. Per què tu?

La Catalina va arronsar les espatlles.

—No ho sé.

—I què diu? —va preguntar l'Elliot.

—Ja us ho he dit, a mi no m'ho diu.

L'Elliot em va mirar.

—A mi no em miris —vaig dir—. Jo no entenc res. —L'Elliot es va posar a jugar amb la canyeta del cartró de llet. Ningú no deia res.

—Ei —vaig dir—. I si escoltéssim què diu?

—Qui? —va preguntar l'Elliot.

—La Bethany.

—La Bethany parla amb tu?

—És clar que no... mai. Però podríem escoltar igualment.

L'Elliot em va mirar.

—Com?

—Mira —vaig dir, abocant-me per sobre la taula—. La Bethany DeMere ni ens veu ni ens sent, oi?

—No.

—No vol ni veure'ns ni sentir-nos, oi?

Va arronsar les espatlles.

—Suposo.

—I si nosaltres... la seguíssim? Podríem estar per allà, als passadissos i llocs així, prou a la vora per sentir què diu. —M'hi vaig acostar més.— La podríem observar al seu hàbitat natural.

Els ulls de l'Elliot van espurnejar.

—Com científics —va dir sense alè.

—Sí.

—Potser trobarem el seu punt feble —va dir a la Catalina—. Potser descobrirem què la fa patir.

La Catalina va arronsar les espatlles. Però, mirant al buit, també va somriure.

Evidentment la meva cara no va passar desapercebuda. Tenia l'ull negre i morat, amb tons vermells. Era bastant truculent. Quan aquell matí vaig entrar a l'aula es van sentir molts murmuris. Els caps es van girar quan em vaig asseure al meu lloc.

—Uau, Trainor. Què t'ha passat? —va dir en Chris «Gros» Kuppel, al meu costat. La nostra aula de curs era una classe de ciències, o sigui que sèiem per parelles davant de taules blanques de laboratori. —Vaig arronsar les espatlles.— T'ha pegat el teu gat?

—No.

—Has ensopegat amb la carxofa de la dutxa?

—No.

—No has encertat el coll de l'ampolla de llet?

—No!

—Està bé, em rendeixo —va dir en Chris. Tenia un cap que semblava un gla. Duia els cabells tallats curts en forma de bol, i això el feia semblar ximplet, perquè era molt gros. En Chris i un alumne de la taula del costat, en Jon Blanchette, eren del grup dels tres nois que constituïen els principals turmentadors de l'Elliot. Acostumaven a esperar-lo després de classe. Ell els deia «els Tinyosos».

—Què ha passat, doncs? —va preguntar en Chris—. O no ho hauria de preguntar?

Vaig arronsar les espatlles.

—M'han pegat.

—A tu? Qui?

—En Richie Tucker.

En Chris va obrir molt els ulls.

—En Richie Tucker t'ha pegat?

—Això mateix.

—Com és?

Li vaig somriure.

—Perquè sóc molt dolent —vaig dir—. El vaig fer enfadar.

En Chris Gros es va inclinar i va passar la notícia a en Blanchette, la cara del qual va adoptar la mateixa expressió de despreocupat bon humor que la del seu amic. Després en Blanchette es va inclinar per passar la notícia a través del passadís. Al cap d'un minut tota la classe estava esverada. Fins i tot les noies em miraven. Em va agradar, en certa manera, tot i que no podia evitar pensar que l'única manera que tenia de destacar a primer era que m'haguessin tractat amb brutalitat.

La mare va telefonar a la directora, però l'Elliot tenia raó: no va passar res. Mentrestant, no vaig veure en Richie en tot el dia. Però tampoc em feia tanta por com abans, i això era curiós, tenint en compte la cara que ensenyava. En realitat, em feia l'efecte que mentre tingués així la cara, segurament em deixaria en pau. No sé ben bé per què ho pensava, però ho pensava.

Quan es van acabar les classes, l'Elliot i jo vam buscar la Bethany. Al fons del passadís vam veure que la Catalina obria el seu armariet. Després es va ajupir i va recollir un paperet. Estava molt ben plegat, com la nota de la biblioteca. Sense obrir-lo, el va deixar caure a terra. Es va quedar un minut quieta, com si estigués pensant, però la seva cara no expressava res. Després es va tornar a ajupir per recollir el paper.

Tan bon punt el va obrir i el va començar a llegir es

va posar vermella i el va deixar caure. En aquell moment un grupet de nenes van passar pel nostre costat. Al centre hi havia la Bethany. Es van acostar a la Catalina i nosaltres les vam seguir.

Les noies xiuxiuejaven tapant-se la boca amb la mà. Quan eren gairebé al costat de la Catalina, van caminar més a poc a poc. La Bethany va sacsejar la cabellera i va començar a parlar, una mica massa fort.

—La Janice va convidar a tothom que valia la pena. El seu pare va llogar la piscina del Holiday Inn. Totes les noies de primer que no va convidar són unes penjades.

Estaven passant pel costat de la Catalina, que estava quieta amb la bossa dels llibres a la mà, mirant fixament l'armariet. Les noies van continuar xerrotejant baixet, tapant-se la boca amb la mà i rient per tot el passadís.

Vam parar davant de l'armariet de la Catalina.

—Quina colla de... no sé ni de què —va dir l'Elliot.

Ella va continuar mirant l'armariet.

—Saps què? Són com taurons —vaig dir a l'esquena de la Catalina—. Amb la sang freda i sempre en moviment.

Ella no va dir res.

—No tens cap necessitat de conèixer-les —va dir l'Elliot.

La Catalina va començar a treure llibres de l'armariet i a entaforar-los a la bossa. Es va penjar la bossa a l'espatlla, es va ajupir i va recollir el paper del terra.

—Vols saber com és? —va preguntar. Tenia la cara molt vermella.— Vols saber quina mena de coses... s'inventa? Té. —Em va posar el paper a la mà.— Aquest també el pots guardar. —Va tancar l'armariet de cop i se'n va anar. Després es va girar.

—De fet, per què no els guardes tots a partir d'ara? Els pots ensenyar a qui vulguis.

Es va girar i va caminar. Em vaig quedar parat, amb el paper a la mà.

—Què hem fet? —va dir l'Elliot.

Ni idea. Vaig desplegar el paper i ell mirava per sobre la meva espatlla.

Els plecs estaven molt marcats, perquè quedés petit i estret. La Bethany devia haver fet que una de les seves amigues el fiqués entre els llistons de l'armariet i després devien haver esperat que la Catalina el trobés per passar pel costat i parlar d'aquella estúpida festa perquè ho sentís. Que, mirat tot en conjunt, era un pla realment fastigós.

Però llavors vam llegir la nota:

> Tots saben per què la noia rara va haver de marxar d'on vivia.
>
> Perquè era tan fàcil
> que els nois ja ni se la miraven en públic.
>
> Ho va aprendre de la seva mare. Allà no tenen sentit de la moral.
>
> És per això que la noia rara no hi té res a fer, aquí.

—Quina merda —va dir l'Elliot—. Quina merda.

Vaig plegar el paper i me'l vaig ficar a la butxaca. L'Elliot va començar a vigilar el passadís.

—Per què ho deuen fer? —deia—. Per què ho deuen dir?

—No ho sé. Perquè són nenes?

—Quina merda —repetia—. Quina merda.

—Calma, Elliot. No passa res.

—Sí que passa! —va cridar—. Que no passa res? Sí que passa!

—D'acord. Però calma't.

—No em penso calmar! —Caminava en cercles petits i estranys.— És que no ho suporto. Com poden dir aquestes coses d'ella?

Llavors no ho vaig entendre, però ara crec que sí. La Catalina era (juntament amb mi, més o menys) la primera nena que havia estat amable amb l'Elliot en molt de temps. Li agradaven els dinosaures i era amiga seva. No s'enfadava mai amb les coses horribles que els altres nens li feien; crec que s'ho guardava molt endins, com si hagués construït un mur al seu interior. Però quan aquelles nenes van fer una cosa tan lletja, tan malvada a la seva nova amiga, el mur es va ensorrar. Tot va començar a sortir.

—Escolta —vaig dir—. Sortim. Va. Anem a fora —vaig agafar l'Elliot pel colze i el vaig fer sortir per la porta.

—No m'ho puc creure, no m'ho puc creure! —no parava de dir. Pujàvem per Union Street i l'Elliot caminava de pressa. De sobte, em va mirar i va dir:

—Creus que no ens tornarà a parlar?

Els cotxes que passaven feien molt soroll.

—Què?

—Que potser no ens tornarà a parlar!

—Per què? Nosaltres no hem fet res.

—No ho sé —va dir—. Potser perquè ho sabem?

—Saber què? Les bestieses que han escrit? S'ho han inventat tot —vaig dir—. No hi pensis més.

L'Elliot es va parar davant d'una antiga església vermella que també és una botiga de segona mà. Als esglaons hi havia unes caixes de cartró plenes a vessar de roba. Me'n recordo perquè va ser llavors quan l'Elliot es va tornar boig.

—Hi pensaré el que em doni la gana! —va cridar—. Estic fart de les coses que fa la gent, entesos? N'estic fart!

—D'acord, Elliot. Calma't.

—Vols parar de dir-me que em calmi? Això és horrorós! Algú hauria de fer alguna cosa! —Tenia la cara molt rara.— Algú ho ha de pagar!

Em vaig quedar quiet. L'Elliot es va girar i es va posar a caminar de pressa i a batzegades a través del pati de l'església antiga, camí de casa. Després es va girar i em va tornar a cridar.

—Algú ho ha de pagar! —va bramar, dret en aquella gespa tan deixada. Després se'n va anar.

El nen ocell

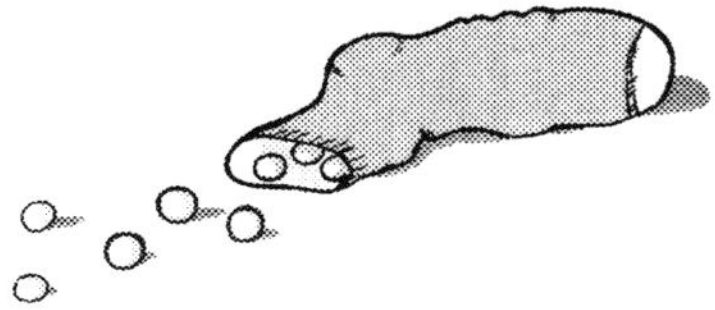

No he acabat de saber mai si l'Elliot va planificar fer el que va intentar fer l'endemà a un grup concret de persones, o si senzillament estava a punt per tornar-se contra els primers que el burxessin. O si tenia cap pla. No l'hi vaig preguntar mai.

Però van ser els Tinyosos. És normal, en certa manera. Al capdavall, eren els seus principals turmentadors.

Hi havia tres Tinyosos, com he dit abans. En aquella època sempre s'ajuntaven després de classe. En Burke Brown era baixet, tenia els cabells foscos i la cara angulosa, en els esports era ràpid i agressiu d'una manera maliciosa, i sarcàsticament burleta amb els que no ho eren. En Jon Blanchette era el nen maco. Tenia els cabells daurats i era genial en tots els esports i pràcticament en tot. Sempre semblava que estigués a punt de riure, perquè la vida li somreia a ell, o a tu. En Burke necessitava semblar enrotllat, en Blanchette ho era sense esforç.

I hi havia en Chris Gros. En Chris Gros era gran i amb cap de gla, però no era idiota, de fet era més aviat lleial i tranquil. Si més no, fins que va passar això, ho era. Després del que va passar aquell dia, en Chris Gros no va tornar a ser el mateix.

En fi. Per tornar a casa, l'Elliot travessa el parc. No té nom, només és el parc. Té pistes de tennis i de bàsquet al costat del carrer, i més enllà una gran extensió de camp i un pont de fusta sobre el riu que porta als camps de les Lligues Menors. El riu no és ni gaire gran ni gaire ample, però sota el pont hi ha moltes pedres, i forma una petita cascada. A l'estiu els nens juguen sota la caiguda d'aigua i a les roques, on l'aigua fa un gorg.

L'Elliot havia estat tot el dia crispat, neguitós, com un ocellet nerviós. La Catalina no el mirava, ni em mirava a mi, ni a ningú. Jo sabia que tots dos estaven molt angoixats. Tenia un mal pressentiment amb tot plegat.

I quan l'Elliot va marxar de l'escola, el vaig seguir. No vaig pujar per Chamber, ni vaig buscar en Richie. Vaig vigilar el meu amic.

Els Tinyosos eren a la pista de bàsquet del parc. Quan van veure venir l'Elliot, van sortir al carrer.

El van encerclar com si res. En Blanchette li va pegar a l'espatlla amb força; l'Elliot va ensopegar i en Blanchette va somriure. Llavors, per darrere, en Burke va començar a descordar-li la cremallera de la motxilla. L'Elliot va ficar la mà a la butxaca de la jaqueta i en va treure alguna cosa.

Va fer un pas enrere. La cosa era fosca i no gaire gran, i li penjava de la mà. Mentre els tres Tinyosos s'ho estaven mirant, l'Elliot va llançar aquella cosa, que va anar a petar al front d'en Burke.

En Burke va cridar i va caure de genolls. S'aguantava el front i la cara amb les dues mans. En Blanchette va mirar en Burke i va mirar l'Elliot, i després va anar cap a en Burke. L'Elliot va començar a llançar la cosa a en Blanchette, però en Blanchette ho va veure venir i va saltar endavant, va agafar la mà de l'Elliot, i va tirar el cap enrere de manera que la cosa li va passar fregant la cara. Jo em vaig quedar quiet, encara una mica enllà; era tot increïble. Vaig continuar mirant, com si fos una escena estranya a la televisió.

En Blanchette va agafar la cosa i va estirar amb força. L'Elliot va trontollar però va aguantar; en Blanchette va estirar amb més força i l'Elliot la va deixar anar i va caure sobre la grava de terra. Però es va aixecar de seguida. Es va quedar allà, mig ajupit. En Burke bramava, de genolls. Va obrir les mans i hi va buscar sang o vés a saber què. Després va mirar l'objecte a la mà del seu amic.

Des d'on era jo semblava una coseta flàccida, amb un bony a la punta. L'Elliot estava mig ajupit, com si estigués a punt de córrer, quan en Blanchette va deixar anar la petita arma i se li va abraonar. L'Elliot va intentar esquivar-lo, però en Blanchette el va agafar. En Chris Gros també el va agafar. El van subjectar, amb les seves manasses premudes sobre el bracet de l'Elliot, mentre en Burke s'aixecava a poc a poc i s'acostava a l'objecte fosc a terra.

El va recollir i el va mirar. Era flàccid. Una cosa de dintre va caure sobre la grava.

En Burke va tornar a ficar la cosa a dins i la va llançar a la cara de l'Elliot. Li feia crits, cridava tots els insults que se li acudien, i llavors l'Elliot també va començar a cridar, i a insultar-lo. Va llançar grava amb els peus a en Burke, i llavors els dos gamarussos van aixecar l'Elliot de terra pels colzes, en Burke va dir alguna cosa i tots dos van travessar les pistes i la gespa, arrossegant l'Elliot, mentre ell es regirava i clavava guitzes, retorçant-se i fent tot el que podia per fer mal. En Burke esquivava les guitzes de l'Elliot i després acostava la cara a la d'ell per burlar-se'n, escridassar-lo i insultar-lo.

Era una bogeria.

Vaig córrer cap a la petita arma que havia quedat a terra. Era un mitjó negre..., un mitjonet de nen. Tenia una cosa bonyeguda a dins. El vaig agafar i van caure unes bales de vidre a la sorra. Bales de colors. L'Elliot havia omplert un dels seus mitjons amb bales. Segurament les havia agafat de la seva caixa de joguines de quan era petit.

Bales.

El van arrossegar fins al pont. L'estret pas de fusta va grinyolar quan en Burke va saltar-hi al damunt, i després va fer un espetec sord sota els peus del noi més gran. Es van parar al mig. Els nois van aixecar l'Elliot i en Burke li va agafar les cames i li va ajuntar els turmells, i després el va empènyer per sobre la barana.

—Ei! —vaig cridar. Em vaig posar a córrer.— Ei, no!

Però els dos nois estaven abocats i tenien l'Elliot penjant sobre el riu i les pedres. Els peus de l'Elliot s'agitaven frenèticament colpejant els llistons de fusta del pont. Jo sentia l'aigua arremolinada a sota. No era una gran caiguda, potser un metre i mig, i el riu no era fondo. Però era prou fondo, i les pedres eren grosses.

Vaig córrer fins al pont i em vaig aturar. El sostenien per sobre la barana. No sabia què fer.

—No —vaig dir—. No!

En Burke estava abocat sobre la barana, cridant a la cara de l'Elliot.

—Et toca demanar disculpes, Cretikewicz!

El coll d'en Burke semblava fet de cables tensats, i tenia la cara vermella i lluent quan cridava:

—Digues «ho sento, senyor Brown»! «No ho hauria d'haver fet, senyor Brown»!

—Fas fàstic, Brown! Tots feu fàstic! Només sou uns covards imbècils amb cara de cul, i tothom ho sap!

—Ostres, no pots ni insultar com tothom, Cretikewicz! —va dir en Blanchette, rient—. O sigui que vols volar, nen ocell? O prefereixes disculpar-te?

El cap de l'Elliot es va girar de cop. Va escopir a la cara d'en Blanchette.

Vaig cridar:

—No! —I vaig córrer cap a ells.

En Blanchette va girar el cap de cop, amb el braç aixecat per eixugar-se la cara. El cap de l'Elliot va caure, en Chris es va abalançar, i després en Blanchette també. Estaven abocats intentant agafar-lo i jo vaig arribar just quan l'Elliot, amb les mans aixecades i la cara esverada, es va deixar anar i va caure.

Estava arraulit sobre les pedres, amb mig cos dins de l'aigua. En Burke i en Blanchette van recular; em van mirar estupefactes. Després es van girar i van sortir corrent del pont.

Havien desaparegut.

En Chris em va agafar pel braç.

—Anem! —va cridar.

Vam córrer en direcció contrària, i el pont tremolava sota nostre. Vam baixar per la costeruda vora del riu, i vam saltar entre les roques.

—Elliot! —vaig cridar—. Elliot! —No sentia cap resposta.

L'aigua mullava les roques i les tornava relliscoses. Calia posar els peus a les parts seques per no caure. En Chris saltava davant, de roca en roca. En un cert punt va repenjar una mà a la roca i es va ficar a l'aigua. Vaig relliscar i em vaig fer mal al genoll, però hi vaig arribar.

Sota el pont, en Chris estava ficat a l'aigua fins a la cintura. Fent força contra el corrent, va agafar l'Elliot per les espatlles, intentant treure'l de l'aigua. El cap de l'Elliot es gronxava.

Vaig relliscar dins de l'aigua. Crec que estava freda, no m'hi vaig fixar. Vaig agafar un dels braços de l'Elliot i en Chris el va estirar per l'altre. El vam desencallar i el vam enfilar sobre una roca. Jo el cridava, l'aigua baixava amb força i el cor em bategava a les orelles.

Vulcanització

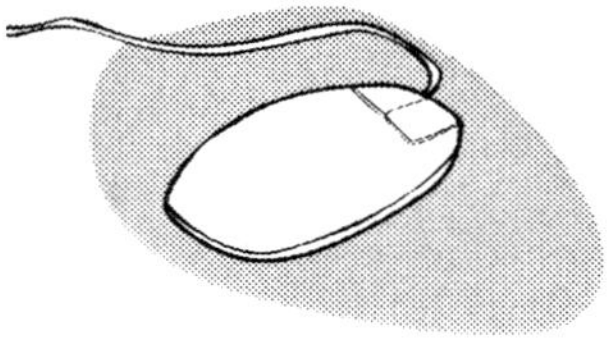

—Per què? —va dir la Catalina—. Per què ho ha fet?

Estàvem asseguts a la sala d'urgències en cadires de plàstic de colors de les que estan unides per una barra lluent a sota de tota la filera.

—Doncs perquè estava molt furiós pel que t'havia passat a tu —vaig dir—. Però també crec que ha influït el que li ha passat tots aquests anys.

—Fa anys que li fan la vida impossible?

—Ah, sí. Per a l'Elliot sempre està oberta la veda.

Ella va bellugar el cap. Se li va encendre la cara.

—I aquells dos han fugit?

—Sí. Quan se'ls ha escapat de les mans i ha caigut, s'han espantat.

—El podrien haver matat.

—No ho sé..., no era una caiguda de tan amunt.

—Però s'ha donat un cop al cap.

—Sí. —No ho podia pas negar. Quan vam treure l'Elliot a fora, tenia els ulls en blanc i no sabia on era. No sabia ni qui era.

La Catalina mirava passadís avall, per on s'havien endut l'Elliot. La seva mare havia entrat amb ell. Les seves germanes grans, la Jaimie i la Hannah, miraven un televisor que estava penjat en un racó. La meva mare seia a prop d'elles, fullejant una revista.

Després de treure'l de l'aigua, en Chris va córrer a la casa més propera al parc, va trucar a una ambulància i va tornar. Després jo vaig anar a trucar a la mare a la feina. Li vaig demanar que busqués el telèfon de la Catalina i li truqués. Va arribar l'ambulància i després la mare em va recollir i em va portar a casa perquè em pogués canviar, i aleshores vam anar a buscar la Catalina i vam anar a l'hospital. En Chris no va venir. Estava molt angoixat.

—No ho volíem fer —deia sense parar, mentre esperàvem l'ambulància—. No ho volíem fer.

—Catalina? —La meva mare havia aixecat el cap de la revista.— Els teus pares saben que ets aquí?

—He deixat una nota per al pare.

—Ah —va dir ella—. I la teva mare?

La Catalina va abaixar el cap.

—No hi és —va dir baixet—. Es va quedar a casa.

—A casa?

—Sí. Sóc de les Filipines.

La mare semblava interessada, però va decidir deixar-ho estar, gràcies a Déu. Va tornar a mirar la revista.

Em sentia malament.

—Em sap greu —vaig dir.

La Catalina em va mirar ràpidament.

—Què?

Vaig sentir que se m'encenien les galtes.

—Doncs... allò... el que et va passar. El que van escriure aquelles nenes. Em sembla molt malament, que diguessin aquelles coses.

Em mirava.

—Creus que és veritat, oi?

—No! El que vull dir... és que no té importància.

—Què vols dir que no té importància? —La màscara havia desaparegut, això segur. Estava molt indignada. Va xiuxiuejar:— I si ho han dit a tothom? I si tothom pensa que és veritat?

—Tothom no ho pensarà.

—Però no ho saben. —Va mirar al voltant. No ens escoltava ningú.— Tu no ho saps —va xiuxiuejar.

M'ho vaig rumiar.

—Suposo que per això poden dir-ho —vaig dir—. Perquè ningú no sap si és veritat o no.

Es va quedar quieta mirant endavant.

—Jo ho sé —va dir baixet. Em va mirar—. Sé el que és veritat.

—D'acord. No passa res.

Però és clar que sí que passava, i jo sabia que passava. Per què no parava de dir que no passava res quan sí que passaven coses?

Va sortir la senyora Gekewicz. La meva mare es va aixecar de seguida i les germanes van oblidar la tele.

—No és tan greu —va dir la mare de l'Elliot—. Té una petita commoció, i un braç esgarrinxat, i un turmell torçat. El metge diu que el pitjor és que haurà d'anar amb crosses un parell de setmanes. I potser estarà una mica despistat.

La Hannah va mirar la Jaimie, la germana gran, i va dir:

—Doncs sí que canviarà la cosa.

Però la Jaimie va fer mala cara.

La meva mare es va acostar i va agafar les mans a la senyora Gekewicz. La mare de l'Elliot les va estrènyer, i després va venir cap a mi.

—Gràcies, Russell —va dir—. Gràcies. Segurament li has salvat la vida.

Jo no sabia què dir.

—No estava sol —vaig dir, mentre agafava la mà a la Catalina.

—Li hauríeu d'haver vist la cara quan li he dit que éreu aquí tots dos —va dir—. Haver-se fet amic vostre ha estat molt important per a ell.

«Ah sí?», vaig pensar. No estava millor abans? Vaig recordar-lo fullejant els seus llibres de dinosaures a la biblioteca, emocionat, mirant-me per ensenyar-me coses, abans que tot allò comencés. Després vaig pensar en les seves petites bales i el mitjonet negre, tirat a terra.

Jo l'havia ficat en tot allò, oi? Només era una altra de les meves ficades de pota. Tot aquell desastre era culpa meva.

Havia d'impedir que la cosa anés a més. Ho havia

d'impedir. Prou d'experiments estúpids. Prou de fer veure que érem científics o què sé jo. Era com pintar-nos una diana a la cara, no sé ben bé per què. Tothom n'havia sortit malparat, i de mala manera. Vaig mirar la Catalina. La seva expressió era indesxifrable.

«Ja està bé», vaig pensar. «Ja n'hi ha prou».

—La família de l'Elliot sembla maca —va dir la Catalina al cotxe quan tornàvem a casa. Anava al davant, amb la meva mare.

—És una bona família —va dir la mare—. El seu pare viatja molt. Però semblen molt units. Té sort.

—L'Elliot té sort? —vaig dir.

La mare em va mirar pel retrovisor.

—Per què no hauria de tenir sort l'Elliot?

—Mare, qualsevol que vulgui li pega, sempre que li ve de gust.

—Ja ho sé. Però té gent que li fa costat. Té la seva família. I la seva mare tenia raó, us té a vosaltres dos.

Em vaig bellugar al seient. És que no entenien el desastre que havia muntat? Que no veníem d'un hospital? Què?

—Abans has parlat del teu pare, Catalina —va dir la mare—. Tu... volies venir amb ell a aquest país?

La Catalina va fer que no amb el cap.

—Jo em volia quedar amb la mare. El pare va dir que era millor per a mi rebre una educació nord-americana.

—I l'estàs rebent —vaig dir.

La mare em va mirar severament pel retrovisor.

—Què? —vaig dir a la Catalina més tard—. Aquella història de la investigació científica, quina idea més imbècil que vam tenir, oi?

Ella va pestanyejar.

—Com vols dir?

Érem a l'AJ's, una gelateria i hamburgueseria, prenent una xocolata calenta. De cop, me'n vaig recordar. La idea havia estat de la Catalina.

—No és que fos una mala idea del tot —vaig dir ràpidament—, només és que... que ja ho hem provat. I no ha funcionat, per dir-ho suaument. Més val que ho deixem córrer i ens busquem una altra cosa per fer. Entesos?

—Però..., per què?

—Per què, què? —La meva mare era amb nosaltres.

—Oh —vaig dir—, és que vam tenir una idea, però no va funcionar.

—Quina idea?

—No és res. De debò.

—Sí que és —va dir la Catalina—. No sé per què ho hauríem de deixar córrer.

—Deixar córrer què?

—No és res, de veritat —vaig dir a la mare—. Mira —vaig dir, assenyalant-me l'ull—. Veus què m'ha passat? Recordes d'on venim? Veus com n'estàs, de disgustada?

—Estàs disgustada, Catalina?

—Mare...

—Entesos —va dir—. Només volia...

—Ara l'Elliot no pot ni caminar —vaig dir a la Catalina—. Per què volem més maldecaps?

—Però quan fas un experiment —va dir— i no t'agraden els primers resultats...

—Ha estat un desastre. No ha funcionat.

—No ha funcionat al començament —va dir la Catalina—. Però això no vol dir que ho haguem de deixar córrer.

—Em podríeu explicar de què esteu parlant? —va preguntar la mare.

La Catalina l'hi va explicar.

—Vam decidir que intentaríem esbrinar coses de certes persones que... ens estaven empipant.

—Fent la vida impossible —vaig dir.

La Catalina va fer que sí.

—Vam provar de fer coses d'una manera diferent, per veure què passava. Va ser un experiment.

—No va ser res.

—Per a mi no —va dir la Catalina, tirant-se enrere i encreuant els braços.

—Encara vull que siguem amics —vaig dir—. Però no vull més desastres. Tampoc farem que les persones canviïn, o sigui que val més deixar-ho córrer.

—Recordo que vam parlar d'això l'altra nit —va dir la meva mare—. És així com vas acabar rebent, oi?

—Sí. Va ser una idiotesa. I va ser culpa meva.

—No va ser culpa de ningú, només va ser una cosa que vam provar —va dir la Catalina. Va mirar la meva mare.— Què fan els científics si els seus experiments no funcionen?

—Visiten el seu col·lega a urgències i després van a prendre una xocolata? —vaig dir.

Totes dues em van ignorar, vés a saber per què.

—A veure —va dir la meva mare—, els científics purs se centren sobretot a entendre les coses. Vosaltres només volíeu entendre més bé aquestes persones o volíeu canviar el seu comportament?

—Totes dues coses —va dir la Catalina—. Sobretot fer que canviessin.

La mare va assentir. Va rumiar un moment.

—Si intentàveu resoldre un problema i no heu obtingut bons resultats, podríeu intentar pensar creativament —va dir ella—. Intenteu revisar els vostres mètodes i els vostres resultats d'una manera diferent. Què heu intentat? Què podríeu provar d'una manera diferent? Hi ha d'haver alguna cosa que us espera, com una clau amagada.

La Catalina va fer que sí.

—De vegades és així com s'ha trobat el desllorigador, en els casos més famosos —va dir la mare—. Gairebé per casualitat, després del que semblen molts fracassos. Com el primer home que va vulcanitzar goma.

—Vulcanitzar goma? —vaig exclamar. Per l'amor de Déu.

—I tant —va dir la mare—. Es deia Charles Goodyear i per això van posar el seu nom al dirigible. El 1800, la goma sense tractar era molt interessant per a les persones, però no gaire útil. Era elàstica a temperatura normal, però, quan es refredava, es tornava trencadissa i s'esquerdava, i quan s'escalfava, es tornava tova i es fonia. En Goodyear era inventor, i buscava la manera de fer que la goma continués forta i flexible li passés el que li passés. Hi havia moltes persones que ho intentaven, però ningú no va poder. Per molt que ho provava, Goodyear sempre fallava. Però un dia va barrejar una mica de sofre amb altres substàncies químiques en un pot de goma índia sense tractar, i en va tirar una mica a l'estufa. La va deixar allà. L'endemà, l'estufa i la barreja s'havien refredat, però continuava sent goma! Ho havia trobat! —La mare estava engrescada. Les coses rares l'animen.

—Ho veieu, oi? —va dir—. La goma forta i flexible va canviar el món. Es van inventar pneumàtics, cotxes, avions i tota mena de maquinària, juntament amb pilotes de bàsquet i de futbol i totes les coses inflables. En Goodyear va batejar amb el nom de vulcanització el procés de barreja i escalfament, i encara es fa avui dia. Ho va trobar per casualitat, però la casualitat es va produir perquè ho va intentar. I perquè no va parar d'intentar-ho.

La Catalina es va aixecar.

—Senyora Trainor —va dir—, que em pot acompanyar a casa, sisplau?

—I tant que sí, Catalina —va dir la meva mare, agafant el compte—. Que passa alguna cosa?

—No. Només volia fer una cosa.

—Fer què? —vaig dir tot caminant cap a la porta.

—Ja et trucaré —va dir ella.

—Quina nena més maca —va dir la mare quan vam deixar la Catalina a casa seva—. Intel·ligent i decidida. I de gran serà una bellesa.

—Que serà què?

La mare em va mirar amb el seu somriure pacient, que volia dir: «Els homes no teniu idea de res». Ja hi estava acostumat.

—Espera i ja m'ho sabràs dir —va dir.

—Si li diuen Olívia Oyl!

—Qui?

—Les nenes que l'empipen.

—Qui són?

—Doncs... la Bethany DeMere.

—La Bethany. Sí, la recordo. És molt bonica, oi?

—Ella n'està convençuda.

La mare va sospirar.

—Les nenes de la teva edat de seguida se senten amenaçades —va dir—. És una pena.

—Creus..., creus que la Bethany DeMere se sent amenaçada per la Catalina?

—No em sorprendria gens.

—Per què?

—Mira't bé la Catalina algun dia —va dir la mare—. Imagina't què passarà quan aquest cos tan llarg s'ompli i aquells cabells foscos creixin una mica. Té uns trets molt bonics, i el color de la pell és preciós. Si jo fos la reina del glamur titular del teu curs, estaria amoïnada.

Vaig bellugar el cap, intentant aclarir-me.

—O sigui que creus que és per això que la Bethany intenta ensorrar-la?

—És el que jo sospito —va dir la meva mare—. I és una llàstima. A aquesta edat les nenes poden ser molt perverses, i molt vulnerables. Em fa l'efecte que són pitjors fins i tot que els nens, que ho resoleu a cops de puny.

—Tu creus que és pitjor que caure daltabaix d'un pont? O que et trenquin la cara?

La mare em va mirar.

—No dic que res d'això sigui fàcil. Però aquesta nena... està en un país nou. No té la seva mare al costat. Imagina't com la deu fer sentir que les companyes de la seva nova escola es girin contra ella.

Però no em calia imaginar-m'ho. Allò ho entenia perfectament.

La Rose

Després de sopar va trucar la Catalina.

—T'he enviat un missatge —va dir.

—Entesos.

Un silenci.

—No sé ben bé què fer —va dir.

—Per què?

Un altre silenci.

—Ja ho veuràs —va dir ella finalment—. Ja em diràs què en penses... però espera't fins demà. A l'escola. D'acord? —Semblava nerviosa.

—Sí, d'acord. Com vulguis.

Em vaig connectar. El missatge de la Catalina només deia: «Llegeix això. Abans creia que era una bona idea. Ara ja no ho sé».

KidNet va descarregar l'arxiu que ella havia adjuntat al missatge. Vaig obrir-lo. Deia això:

Per alguna raó, de vegades, quan ets nou o diferent d'alguna manera, la gent decideix dir mentides sobre tu. No sé per què. Abans d'anar a l'Escola Parkland no sabia que la gent fes aquestes coses.

Em dic Catalina Aarons. Hi ha persones que han estat explicant mentides sobre mi. Potser has sentit alguna cosa. De fet, si ets de primer i has sentit alguna cosa de mi, segurament és mentida. No he explicat la veritat a ningú, o sigui que en part és culpa meva.

Aquestes són algunes coses de mi que són veritat.

Vaig néixer a les Filipines, a l'illa més gran, Luzon. La meva mare és filipina. El meu pare és nord-americà. L'empresa on treballava el va enviar a Manila, la capital, i allà va conèixer la meva mare. Es van casar i em van tenir a mi. O sigui que sóc mig filipina, mig nord-americana.

Els filipins són una barreja de pobles, igual que els nord-americans. Els nostres avantpassats inclouen el poble de la nostra part del Pacífic, anomenats malais, i el poble xinès, i també espanyols i nord-americans, perquè tots dos països havien governat les Filipines. La meva mare es diu Rosario. És un nom espanyol. Però tothom li diu pel nom anglès, Rose.

Vivíem a prop de Manila, però no a la ciutat, en una casa no gaire diferent de les que hi ha aquí. El meu pare anava a treballar. Era fora molt de temps. La meva mare i jo érem molt amigues. La meva mare és molt bonica. Tothom ho deia! No és tan alta com jo i sembla una princesa espanyola, amb els ulls foscos, i els cabells negres i brillants com una malaia, i té els ulls esbiaixats com una xinesa. La gent solia dir-me que la meva mare tenia el millor de cada poble.

La meva mare ensenya música, sobretot piano, però també cant, a nens i adolescents que vénen a casa. Em cantava des que vaig néixer. Té una veu com la plata líquida.

Jo anava a l'escola cada dia amb un *jeepney*. És com un autobús escolar americà, però no ben bé, és més aviat un vell jeep americà o una furgoneta decorada d'una manera divertida amb molts afegits. Hi ha *jeepneys* per tot Manila. N'hi ha que són increïbles! En fi, cada dia, quan el *jeepney* em deixava davant de casa, corria perquè la meva mare i jo ens prenguéssim la *merienda*.

La *merienda* és un piscolabis de mitja tarda. No és com un piscolabis nord-americà. Nosaltres preníem *adobo*, que és pollastre o carn cuinada amb una salsa increïble; no sé ni com descriure-la: gustosa, picant i un pèl dolça. La meva mare feia *panyo panyo*, uns pastissets farcits de melmelada de plàtan i mango. Són boníssims! També menjàvem pastís de *guapple*.

El *guapple* és una fruita dura, com una poma però més dolça i més suau de gust. Menjàvem talls de mango amb suc de llima, i xocolata desfeta molt batuda. I teníem el nostre suc de llima especial, que era increïble! La meva mare el feia amb les nostres llimes *calamansi*, barrejades amb suc de meló i aigua.

La meva mare feia cada dia el berenar per a totes dues i parlàvem de tot. De tot! Estàvem contentes. Però suposo que el meu pare no. Suposo que enyorava els Estats Units, i no li agradava ser un estranger a Luzon. Crec que tenia problemes amb la família de la meva mare. (Ell era l'únic que no era filipí.) Quan era a casa no semblava content, i aleshores la meva mare plorava molt. La sentia com tocava el piano i plorava. Jo no sabia què passava exactament.

Un dia em van dir que es divorciarien, i que jo me n'aniria a viure als Estats Units amb el meu pare. El meu pare va dir que rebria una educació molt millor als Estats Units. Va dir que podria tornar a casa als estius, per estar amb la mare. Va dir que aquí les escoles eren molt millors, i que hi havia moltes més oportunitats. Això va dir.

La mare no volia que me n'anés. Però va dir que segurament el meu pare tenia raó. No diré més del que va ser per a mi deixar casa meva, la meva família i la meva escola, sobretot la meva mare.

No sé res de les oportunitats als Estats Units, però per ara no tinc gaire bona opinió de les escoles. Almenys d'aquesta. No és tant l'escola..., l'escola està bé, suposo. És la manera com em tracten alguns alumnes.

Segons com fa gràcia. Els nens que volen fer mal a altres nens els tracten com si no fossin éssers humans, però, alhora, imaginen com poden fer-los més mal, com a ésser humà. Com si perquè siguis nova s'hagin d'inventar coses horribles sobre qui diuen que ets, i com ets, i la teva família, sobretot la teva mare.

Vull que la gent sàpiga que estic orgullosa del meu origen, i de la meva família. Estic orgullosa de ser qui sóc. I que no dic mentides.

No cal que us caigui bé. No cal que m'incloguéu ni que em convideu enlloc si no en teniu ganes. Tant me fa. Estic fent amics. Però no m'agrada que la gent s'ajunti per comportar-se com si jo no fos una persona.

Ara ja sabeu algunes coses de mi. Com us comporteu és cosa vostra.

Catalina Aarons

El servidor del sistema

L'endemà al matí vaig portar la carta de la Catalina a l'escola en un disc. Quan em va veure arribar, va estrènyer els llibres contra el pit i va tancar l'armariet a poc a poc.

M'hi vaig acostar de pressa.

—És increïble —vaig dir.

—Sí?

—Sí! I saps què et dic? Això és el que hem de fer. Deixaràs la princesa malvada sense arguments.

—Qui?

—Ja ho saps —vaig aixecar la barbeta i vaig bellugar el cap, com si gronxés la cabellera rossa.

—Ah, sí —va fer que sí amb el cap—. Tu em vas donar la idea.

—Eh?

—L'Elliot va dir que havies escrit el que t'havia passat. Quan aquell noi et va pegar.

—Ah! Ja no me'n recordava.

—Doncs jo sí.

Va sonar el timbre. Vam començar a caminar pel passadís.

—En fi —vaig dir—, ho porto a sobre, el que vas escriure.

Vaig treure el disc de la butxaca de la camisa.

—No sé què fer-ne —va dir ella—. Perquè..., què passaria si volgués que la gent ho llegís? Com ho podria fer?

—Doncs, ho podríem imprimir. I penjar-ho.

—Penjar-ho? Com en un tauler d'anuncis? —es va esgarrifar—. Això seria totalment humiliant.

—Doncs... ho podríem repartir a unes quantes persones. Com una carta.

—Vols dir a aquelles persones? Ficar-ho als seus armariets d'amagat, com fan elles amb mi? Què creus que en farien?

—No ho sé.

—Ho ignorarien. O se'n riurien. I ningú no notaria la diferència.

—Suposo.

Gairebé havíem arribat a la classe d'estudis socials. La porta era oberta i els nens ens passaven pel costat. Ens vam quedar enrere.

—Què més podem fer? —va xiuxiuejar.

—No ho sé.

—Pensa-hi.

—Ho puc enviar a l'Elliot? —vaig preguntar—. Potser se li acudirà alguna idea.

Va sonar el segon timbre. Ella va fer que sí amb el

cap, es va girar, va respirar fondo i va entrar a classe. Jo també vaig entrar.

A l'hora d'activitats em vaig apuntar al laboratori d'informàtica per poder enviar un missatge a l'Elliot a casa. L'aula era plena, com sempre. Hi havia nens als ordinadors col·locats contra la paret i en fila al centre de l'aula. Tothom estava connectat, teclejant, tirat enrere o abocat a la pantalla. Vaig trobar un monitor buit, vaig seure i vaig entrar a KidNet.

En general els nens fan servir KidNet per enviar-se missatges, però, com he dit abans, també podem enviar missatges als professors, que és útil si tens algun dubte amb els deures o no entens alguna cosa o has oblidat quines lliçons has d'estudiar per a un examen.

Hi ha tres nivells d'accés. Estan controlats pel senyor Dallas, el professor del laboratori d'informàtica i l'administrador de la xarxa. El nivell més alt, Personal, és per als professors i l'administració. El segon és MidStream, que el té tothom. Aquest accés es pot suspendre, o anul·lar, si utilitzes malament el sistema o no et portes bé. Els nens van amb molt de compte amb això, perquè ningú no vol perdre els privilegis de la missatgeria. Revisem molt els missatges.

Com que KidNet és una xarxa local, és independent. Això vol dir que és tota nostra, i que només hi som nosaltres. També podem accedir a Internet amb la majoria d'ordinadors de l'escola, però tenen programari de salvaguarda perquè no et puguis baixar material pornogràfic o escriure insults en un missatge per Internet. Però a KidNet podem dir si fa no fa el que volem. No hi ha censura, i els sonats de la xarxa i la gent que vol vendre coses no pot accedir a nosaltres. No pots entrar a KidNet des de fora si el senyor Dallas no t'ho permet.

El tercer nivell d'accés és només la Biblioteca. Aquest no el volem. Pots consultar enciclopèdies, CD i altres treballs d'investigació, però no pots enviar missatges ni res d'això. Si perds l'accés a MidStream, estàs castigat al gueto cibernètic, on només trobaràs les coses que volen que aprenguis. Evidentment, això no ho vol ningú.

Vaig teclejar un missatge per a l'Elliot. Vaig introduir el disc a l'ordinador i vaig adjuntar l'arxiu de la Catalina al missatge. L'Elliot no tenia gaire cosa més per fer a casa, o sigui que no em va sorprendre gens veure arribar una resposta tan de pressa.

<TROO>: Això és perfecte!
<RUSST>: Sí.
<TROO>: Ho hauria de veure tothom.
<RUSST>: Sí, però com?
<TROO>: Pregunta-ho al senyor D. Com va per l'escola? Has vist en Richie?
<RUSST>: Avui l'he vist. No m'ha mirat. L'escola va bé. No t'estàs perdent res.
<TROO>: Doncs jo m'avorreixo.

<RUSST>: T'he de deixar. Em queden cinc minuts.
<TROO>: Pregunta al senyor D!

Just quan apagava, va sonar el timbre. Tothom va apagar i els ordinadors van xiular i les cadires van rascar el terra, els alumnes van recollir les motxilles i van anar cap a la porta. Em vaig quedar quiet observant. Finalment, em vaig aixecar, vaig anar cap a la porta... i em vaig girar.

Vaig mirar els ordinadors, que esperaven la següent onada. Vaig recordar com havia aparegut «Pregunta al senyor D» a la meva pantalla mentre l'Elliot teclejava. I ho vaig saber.

Ja està!

—Tinc una idea —vaig dir a la Catalina quan es van acabar les classes—. Vine amb mi, d'acord?

—D'acord.

Em vaig posar a caminar. Vaig sentir que es tancava la porta del seu armariet; en tres segons ja m'havia atrapat i caminava a grans gambades al meu costat.

La vaig mirar.

—Bones cames —vaig dir. Es va posar vermella.

—Vull dir que són llargues —vaig afegir, incòmode. Encara es va posar més vermella. Vaig aconseguir no fer res que ens posés més violents fins que vam arribar a l'aula del Servidor de Sistema.

Això és el que diu a la porta: «SERVIDOR DE SIS-

TEMA». Aquest sempre era el primer lloc on buscar el senyor Dallas. Vaig picar a la porta.

—Endavant! —va dir amb una veu eixordadora. Vaig obrir la porta. A dins, el senyor Dallas va girar la cadira cap a nosaltres, es va apartar de la pantalla i va parpellejar.

El quarter general de SchoolStream no és més gran que un rebost, que és el que era fa un any, quan hi van instal·lar la xarxa. No té finestres. Unes lleixes altes fins al sostre de metall, que semblen procedir d'un Mecano per a adults, sostenen l'equip electrònic. A l'alçada de la taula hi ha quatre o cinc ordinadors.

—Russt! Catli! Com va això?

El senyor Dallas és un personatge més aviat còmic. Li agrada dir-nos pel nom de pantalla, i sempre ens dóna la mà amb entusiasme. És molt entusiasta. Ve a treballar amb moto, i té una mata de cabells grisos tan espessa i gruixuda que sembla que li hagi caigut un porc espí al cap.

La Catalina va somriure com va poder al senyor Dallas. No crec que hagués tingut l'experiència de tenir-lo tan a prop.

KidNet és la nineta dels ulls del senyor Dallas. Ell va convèncer l'escola per muntar-lo i deixar-li dirigir. Abans ensenyava ciències; ara sempre interromp les classes de ciències dels altres professors per fer xerrades sobre KidNet, contestar preguntes, i animar-nos a fer-lo servir, que no caldria, perquè tothom es va posar a utilitzar-lo de seguida. El senyor Dallas diu que som «innovadors».

—En què us puc ajudar, nois?

—Tenim un dubte sobre KidNet, senyor D.

—M'encanta. Seieu, seieu. —Vam seure i ell va dir:— De què es tracta?

—La Catalina ha escrit una cosa —vaig dir i em vaig treure el disc de la butxaca.

—És una carta —va dir ella des d'una cadira giratòria—. M'agradaria enviar-la a tots els alumnes de primer.

—És possible fer-ho amb KidNet? —vaig preguntar—. Ho podem fer?

—Ja ho crec! El més fàcil seria adjuntar l'arxiu a un missatge de correu electrònic i enviar-lo a una llista de distribució. Aquesta és la versió de la xarxa d'una llista de correus. De fet, les llistes de distribució es remunten a les primeres xarxes d'ordinador, quan el Govern dels Estats Units en va crear una per si es produïa un atac nuclear. Els usuaris de la xarxa van crear una llista de correu per poder parlar de ciència-ficció.

Es va tirar enrere, amb les mans al clatell, i va fer una rialleta.

—Imagineu-vos una xarxa remota de guillats de la informàtica tancats en uns laboratoris sota terra i refugis antibombardeig després d'un holocaust atòmic, i tothom connectat, discutint amb passió una història de ciència-ficció sobre la vida després d'un holocaust atòmic. —Ens va mirar i va somriure.— No està tot dit?

No estava segur de què estava dit, però el senyor Dallas es va petar de riure. La Catalina i jo ens vam mirar. De sobte es va posar més dret.

—Bé —va dir, girant-se cap a l'ordinador—, tenim llistes automatitzades. Els professors les utilitzen constantment. Vosaltres sou els primers alumnes que ho demanen.

Es va posar a teclejar... i després va parar.

—Hi podria haver riscos —va dir.

—Ah, sí?

—Sí, és possible. Si els estudiants s'aficionen a distribuir o a emetre arxius..., obre una nova dimensió d'ús. Podria ser una caixa de Pandora. Això és... bé, de fet, és el que certa figura d'autoritat va preveure sense gaire il·lusió que passaria amb aquesta xarxa.

—Ah, sí? —va dir la Catalina.

—Doncs, sí. Hi havia persones en posicions d'autoritat... Una, concretament, va dir que si posàvem la LAN a l'abast dels alumnes com a sistema obert, seria el caos. Evidentment, no hi ha cap caos, hi ha ús. Però no sé què podria passar si comenceu a distribuir arxius.

—Seria innovador —vaig dir ràpidament.

—Sí! Això segur. I jo hi estic a favor. —Ens va tornar a somriure.— Experimentació, comunicació, d'això es tracta, oi?

Es va tirar endavant, i la seva cadira gairebé ens va caure a sobre. La Catalina va recular amb la seva.

—És important que aneu amb compte amb això —va dir el senyor Dallas—. D'acord?

La Catalina es va agafar als braços de la cadira.

—D'acord —va dir ella, amb els ulls molt oberts.

—En què hauríem d'anar amb compte? —vaig preguntar.

—No feu coses irresponsables —va dir el senyor Dallas—. Però ja sé que no ho fareu. En fi, el que heu de fer és buscar aquest menú i triar Distribuir. Ho veieu? Primer ja heu creat el vostre missatge. Després, vejam... l'accés Personal dóna accés a totes les llistes que hem creat. A què dóna accés MidStream?

Va picar algunes tecles. Les opcions de llistes que van aparèixer deien Curs 6, Curs 7, Curs 8, Tots, i Clients. Hi havia altres noms de llista, com Hogeboom 7B, però estaven destacats en gris, que volia dir que no podíem utilitzar-los amb el nostre nivell d'accés.

—Entesos. Tal com em pensava —va dir el senyor Dallas—. Teniu accés al que necessiteu. Podeu crear llistes pròpies de clients, si voleu. Però només voleu enviar-ho a tot el curs de primer, oi? O sigui que no hi ha cap problema. Només trieu i envieu.

—D'acord —vaig murmurar. Em vaig guardar el disc amb la carta de la Catalina a la butxaca.

—Crec que ho provarem —vaig dir.

El senyor Dallas ens va donar la mà amb entusiasme.

—Endavant! —va dir.

Aquella nit vaig anar amb bici a ca l'Elliot. No hi havia estat mai.

—Saps què no puc suportar? —va dir.

No vaig contestar. Estava mirant la seva habitació.

L'Elliot estava assegut al llit, amb el turmell embenat repenjat en un gran coixí groc. El coixí era l'únic objecte de l'habitació que no anava de dinosaures, pel que jo vaig veure.

A les parets tenia pòsters de la pel·lícula original de *Godzilla* (Rei dels Monstres!), més *Godzilla vs. Mothra* i *Un milió d'anys abans de Crist* (en què no sortien dinosaures, de fet, sinó més aviat una actriu amb pells i un escot exagerat), més imatges d'estegosaures i iguanodonts i triceratops i un pòster amb una panoràmica molt gran que mostrava un escenari d'un riu amb falgueres i volcans que escopien fum de fons, tiranosaures sortint de la vegetació per atacar uns pobres hadrosàurids aterrits, i un brontosaure gegant a l'aigua, mastegant. Als prestatges tenia un triceratops amb piles, un esquelet de llangardaix volador gegant de fusta, un tiranosaure i un triceratops batent-se en duel, almenys trenta maquetes de dinosaures de plàstic o de goma, molt realistes i petites, un diorama de dinosaures, i una empremta palmípeda d'un dinosaure en guix.

I tenia una llibreria plena de llibres de dinosaures. En un racó hi havia un T-Rex inflable i grassonet, capgirat. Al llit de l'Elliot hi havia un edredó de dinosaures: tenia un hidrosàurid vermell, un bronto blau, un pterodàctil verd, i un tiranosaure groc. Tots somreien. Vaig dir que no era gaire realista això dels dinosaures somrients.

—Nooo —va dir l'Elliot, amb un gest despectiu—.

M'ho van regalar quan era petit. Saps què no puc suportar? No poder sortir d'aquí i que aquells tios es pensin que han guanyat. Segur que pensen «Ara sí que ha après la lliçó» i jo no hi puc fer res —va aixecar una mica el peu embenat i el va tornar a deixar caure.

»Però molt aviat —va dir—, em tocarà a mi. —Va somriure maliciosament.

—T'has ratllat del tot? Et van llançar daltabaix d'un pont.

—Sí. I saps què? Els ho penso tornar.

Vaig pensar. «Qui és aquest nano? Què se n'ha fet, del prudent Nen Ocell?». L'Elliot seia tot cofoi, amb els braços encreuats.

Vaig sospirar.

—Mira, hem de canviar el nostre plantejament —vaig dir—. No hi ha futur a fer-nos apallissar.

—Potser no —va dir—. Però els vaig plantar cara, oi? Com tu. S'ho pensaran dues vegades abans de tornar-me a assetjar.

—Sí. Ara es pensen que estàs com una cabra.

—De debò? Es pensen que estic com una cabra?

—Estaves com una cabra. Totalment.

—Sí —estava radiant.

Vaig arronsar les espatlles. Potser estava una mica sonat. Potser la commoció...

—Ei —vaig dir—. Algú ha parlat amb tu? Com ara la directora o la policia?

—Nooo —va dir—. No hi pensis, en la directora..., ja et vaig dir que no feia mai res. La poli..., la meva mare volia posar una denúncia, però li vaig dir que no ho fes. En Burke i en Blanchette dirien que m'intentaven salvar o jo què sé. Els pitjors són els millors mentiders —va arronsar les espatlles—. Què hi farem!

—Si ho haguessin fet uns adults, els ficarien a la presó.

—Però no ho eren i no els hi ficaran. Ei, què vas fer amb allò de la Catalina?

Li vaig dir que ho havíem enviat a tot el segon curs. Havíem anat de l'aula del Servidor de Sistema al laboratori d'informàtica i ho havíem fet.

L'Elliot va xiular.

—M'encanta! Ei, oi que és increïble que aquelles nenes s'inventessin aquelles històries de la Catalina i la seva mare?

—Ja t'ho vaig dir.

—Sí. Què creus que dirà la gent, quan llegeixin el que ha escrit?

—No ho sé. Ho llegiran. Segurament la majoria ja ho ha llegit. I segur que en parlaran. El que no sé és què diran.

—Explica'm què passa, eh?

—Sí. Et faré un informe.

—Un informe de laboratori —va dir l'Elliot i va tornar a somriure—. El LABAE, Laboratori de Recerca sobre l'Assetjament Escolar, està en marxa.

Els estudis socials

L'endemà, a estudis socials, estàvem llegint *El diari d'Anna Frank*. Anàvem per la meitat del llibre. La senyoreta Hogeboom va dir:

—Nois, avui parlarem de l'Anna com a persona. Com creieu que era?

L'habitual silenci espès. Les respostes van arribar en forma de preguntes.

—Era intel·ligent?

—Era una escriptora prolífica?

—Doncs, sí —va dir la senyoreta Hogeboom—. Però creieu que era pesada?

—Què?

—Què vol dir, pesada?

—Doncs que l'Anna sempre diu que ella era el centre de tota la tensió a l'Annex Secret —va dir la professora, repenjant-se a la seva taula i agafant el llibre.

La senyoreta Hogeboom té els cabells llargs i llisos i porta vestits llargs, amples, com de pagesa. Crec que havia estat hippy. El seu exemplar del llibre tenia un munt de post-it grocs doblegats sobresortint per la part de dalt, com un tall de cabells mohawk ros pengim-penjam. La senyoreta va obrir el llibre per un dels punts grocs

—Què en penseu, d'això? A la pàgina 29 diu: «Res, repeteixo, res de mi està bé; el meu aspecte, el meu caràcter, les meves maneres es discuteixen punt per punt». Després diu: «De veritat sóc tan mal educada, presumptuosa, caparruda, empipadora, estúpida, gandula, etc. etc., com diuen ells?».

La senyoreta Hogeboom ens va mirar.

—Què en penseu? Ho era?

Hi va haver un cor de murmuris.

—La gent sempre diu aquestes coses dels adolescents.

—Sí. És absurd.

—És una estupidesa.

—Entesos. Aleshores només és una adolescent normal que se sent oprimida i incompresa, com tots? Home, unes persones tancades en un apartament tan petit han d'estar bastant crispades, oi? Potser li van fer pagar a l'Anna, que podria haver estat l'adolescent més maca del món. L'Anna Frank és una heroïna als nostres ulls, i amb raó. Però..., és possible també que, com a persona, en aquesta època de la seva vida, hagués estat una mica exasperant? I si us hagués tocat a vosaltres estar tancats amb ella en aquell apartament? Com penseu que era de veritat?

Hi va haver molts murmuris. Algunes persones fullejaven el seu llibre; altres posaven els ulls en blanc, feien ganyotes, i parlaven a cau d'orella als seu amics. Quan demanes a un curs de segon que parli d'alguna cosa, sempre reps una certa quantitat de tot això.

—Era molt intel·ligent —va insinuar la Leah Sternberg amb ganes d'ajudar. La Leah parla de tot, sempre amb ganes d'ajudar. Està ficada en tot: el Consell Escolar, el diari de l'escola, el club de teatre, futbol i bàsquet, beisbol, el cor i l'orquestra... Sempre que ens encallem a classe, la Leah intervé amb ganes d'ajudar.

—També era molt sensible —va afegir.

—Era hipersensible —va dir en Jake Messner. En Jake és un nen alt que és bon esportista, és molt llest i seriós. De fet, és un dels nens més simpàtics de la classe—. Ella mateixa ho diu —va dir—. És al llibre, no sé on —fullejava el seu llibre, arrugant el front.

—Sí que diu que és hipersensible —va convenir la senyoreta Hogeboom, i també va obrir el llibre.

—Doncs, francament —va dir l'Allison Kukovna—, qualsevol no ho seria! És molt intel·ligent i tot li interessa, estima els seus amics i fins i tot li agrada l'escola, i es troba tancada dia i nit amb els seus pares i aquells altres adults inútils, que ella ni coneix i que no es poden dir els uns als altres que no s'aguanten i es dediquen a disseccionar tot el que fa l'Anna. A sobre, si un d'ells fes una mica de soroll, podrien morir. Qui no estaria crispat?

L'Allison va tancar el seu llibre de cop.

—No em sembla bé dir que en té la culpa l'Anna

—va doblegar els braços i es va posar més dreta, teatralment.

L'Allison té els cabells llargs i pèl-rojos i és molt teatrera. Va cantar el paper protagonista quan el cor i la banda van fer una escena d'*Annie* a l'últim concert de l'escola. Va estar molt bé i divertida. Podria ser una de les noies enrotllades, però em sembla que tant se li'n dóna.

—És el fet d'estar allà atrapats —va dir en Jake—. Estan ficats en aquelles habitacions, envoltats de tota aquella por i del perill. Fa sortir el pitjor de tots. Al començament, per exemple, ella diu que la seva família no es baralla mai, i que els impacta quan l'altra família ho fa. Però al cap de poc tots discuteixen com bojos.

La senyoreta Hogeboom va somriure.

—L'Anna té un caràcter fort i és adolescent. Així que, quan la situació es torna crispada, és com un imant per a la ira dels grans. Això és el que volies dir? Nois? Es tracta d'això o no?

—Es tracta del que sempre es tracta —va dir una veu des de darrere.

Tothom es va girar.

En Turner White sempre seia darrere, i sempre es vestia de negre. Era més aviat pàl·lid, com si no prengués gaire el sol.

—Turner? —va dir la senyoreta Hogeboom—. De què es tracta?

En Turner va arronsar les espatlles.

—De l'aïllament —va dir—. De què si no?

Ens el vam quedar mirant.

—Home —va dir ell—. Si no hagués estat per l'aïllament, no hauria passat res d'això.

—Res d'això? —va dir la senyoreta Hogeboom.

En Turner va decantar el cap com si esperés que la resta de nosaltres ho entenguéssim.

—Penseu-hi —va dir—. Els nazis s'apoderen d'Europa i l'aïllen, oi? Ningú no pot entrar ni sortir. Odien els jueus, i també els aïllen. Oi? Al llibre diu que, als jueus, no els permetien visitar els cristians ni anar al cinema ni als parcs ni res de res. D'acord? Aleshores comencen a traslladar gent a aquells camps, on estan totalment fora del món. I mentrestant aquestes dues famílies s'han d'amagar sobre un magatzem amb mantes a les finestres. —En Turner es va tirar enrere i va encreuar els braços.— Si no hagués estat per l'aïllament, res d'això no hauria passat.

Hi va haver un moment de silenci.

—Home —va dir la Leah amb ganes d'ajudar—, i si els jueus haguessin tingut una xarxa informàtica? Alguna cosa amb què els Frank poguessin enviar missatges?

Algú va dir:

—Què?

—Per què no? Per tot el món. «Som aquí. Estem amagats. Ens volen matar. Ajudeu-nos per favor».

—Aleshores els alemanys els haurien trobat i els haurien mort molt abans —va dir en Jon Blanchette. Es va regirar una mica, va arronsar les espatlles i va somriure—. O no?

—Per tu només és un acudit, oi, Jon? —va dir en

Chris Gros, girant-se de cara al seu amic—. Res més que un gran acudit, faci mal a qui faci mal.

En Jon el va mirar malament i va arronsar les espatlles.

—Però —va dir l'Allison—, i si poguessis enviar missatges quan la gent comença a explicar mentides de tu?

—Sí —va dir en Jake. Es va tirar endavant amb una expressió múrria—. I si poguessis explicar a tothom la veritat sobre tu mateix de seguida?

Els alumnes es van començar a bellugar als seients i a mirar la Catalina dissimuladament, que estava asseguda enmig de la classe pestanyejant rere les ulleres. La Bethany DeMere seia molt dreta a la primera fila. No mirava els altres.

La senyoreta Hogeboom no entenia res.

—Vejam... —va dir—, l'Anna va enviar un missatge, oi? El seu llibre, l'han llegit milions de persones.

—Però és morta —vaig dir. Tots em van mirar—. És morta. Què en va treure, d'escriure el llibre?

—És una bona pregunta —va dir la senyoreta Hogeboom—. Què en penseu...?

—Però, i si hagués pogut enviar missatges a tothom quan tot allò va començar? —va dir l'Allison—. I si tots ho haguessin pogut fer?

La senyoreta Hogeboom va dir:

—Què vols dir...?

—El món no creia que aquelles coses estiguessin passant, oi? —vaig dir—. Perquè el món no ho volia saber. No us sona?

—És veritat —va dir l'Allison—. És a dir, si unes poques persones assetgen algú, la majoria fem veure que no passa res, oi? No ho volem veure. Però, i si la persona que ho pateix pogués enviar un missatge a tothom, immediatament, com si diguéssim?

—De què va, tot això dels missatges? —va preguntar la senyoreta Hogeboom.

Tothom ho sabia. Ningú no ho va dir.

——Si l'Anna Frank hagués tingut Internet —va dir la professora a poc a poc—, seria viva? És això el que voleu dir? Algú?

—És una bestiesa —va dir en Burke Brown.

—A mi no m'ho sembla —va dir en Jake—. Tot va començar amb mentides, oi? Van fingir que els jueus eren malvats. Van dir a tothom que ho eren, i no van parar de dir-ho i repetir-ho fins que al final tothom es comportava com si fos veritat. I mentrestant els empaitaven, els agafaven i els tancaven, i apallissaven a tothom que no estava d'acord amb ells.

—Era com si els assetjadors s'estiguessin apoderant del món —vaig dir.

—Crec que això és exactament el que va passar —va dir la senyoreta Hogeboom.

—Però —va dir en Jake—, si aleshores hagués existit Internet, els nazis no el podrien haver aturat, oi? Hi deu haver molts llocs, a la xarxa. No es poden censurar tots.

—Sí —va dir en Blanchette—, però qui s'hauria fixat en un sol lloc?

—Si parlava d'assassinats en massa? Molta gent.

Tots van començar a parlar alhora. La classe de la senyoreta Hogeboom de vegades era una olla de grills. El seu fort no era el control.

La Catalina va aixecar la mà. Tothom va callar.

—Sí, Catalina?

Aquesta vegada no es va posar dreta. I no es van sentir rialletes.

—Tot el diari de l'Anna Frank es va escriure en un quadernet vermell —va dir la Catalina a poc a poc—. El van trobar entre un munt de coses que la Gestapo va deixar a terra després d'endur-se les persones. No era tan diferent dels quaderns que fem servir nosaltres, la veritat —va aixecar el seu quadern d'espiral.

—Sí? —va dir la senyoreta Hogeboom.

La Catalina va pestanyejar.

—Només això —va dir ella. L'Anna Frank no intentava aturar res, ni canviar a ningú. Només explicava la seva història.

Va sonar el timbre, però ningú no es va moure. La senyoreta Hogeboom feia que sí amb el cap i ens mirava, complaguda, i això feia gràcia, perquè era l'única que no tenia ni idea de què parlàvem en realitat.

—Molt bé, tots, heu estat excel·lents —va dir la senyoreta Hogeboom—. Se'ns ha fet una mica tard, però, per al pròxim dia, voldria que llegíssiu fins a la pàgina 175.

Les cadires van rascar el terra i les cremalleres de les motxilles van grinyolar.

—Espereu —va dir en Turner des de darrere. Les rascades i els grinyols van parar—. Ho he trobat —va dir—. Escolteu un moment.

—«Últimament m'he començat a sentir abandonada» —va llegir en Turner—. «M'envolta un buit massa gran. Abans no em sentia mai així, les meves diversions, les meves amigues, omplien del tot els meus pensaments. Ara o penso en coses desgraciades, o penso en mi mateixa».

La classe següent s'esperava fora. Es podien veure els cossos foscos a través del vidre esmerilat de la porta.

—És per això —va dir en Turner—. És per això que tothom s'identifica amb aquesta nena. No és pels nazis, és per les mantes a les finestres. És perquè tothom sap el que és sentir-se sol.

Al cap d'un segon, tothom es va aixecar i va anar cap a la porta. Però ningú no va parlar. La porta es va obrir i els nens de la classe següent es van apartar i van mirar totes aquelles cares solemnes que els passaven per davant.

A l'hora de dinar anava cap a la nostra taula del racó del Bun Appetit, però em vaig parar després de la caixa i em vaig quedar allà, amb la safata a la mà. Tres noies, l'Allison Kukovna i dues de les seves amigues, estaven assegudes amb la Catalina, parlant amb ella, a la nostra taula. La Catalina semblava una mica atabalada.

Sabia que era una bona cosa el que havia fet la Catalina, d'escriure la seva història, i que després l'hagués-sim enviat. Es veia que realment havia emocionat els alumnes. Vaig recordar el que havia dit la mare, que la Catalina seria bonica algun dia. Ara tenia amigues. I quan tens amigues, amigues enrotllades de debò, per què hauries de voler continuar fent-te amb dos penjats invisibles?

De fet, amb un sol penjat invisible.

Allà dret em vaig adonar que no tenia lloc on anar.

Ràdio Lliure Gretikewicz

—Sí, i tant que l'han llegit —vaig dir per telèfon—. Ningú no n'ha parlat directament, almenys que jo sàpiga. Però era evident que els havia afectat. Es notava.

—Com?

—Doncs... la manera com s'han comportat amb ella és una mica diferent d'abans. Al menjador, l'Allison Kukovna i les seves amigues han segut a la nostra taula amb ella.

—Han segut a la nostra taula? Què han dit?

—Com vols que ho sàpiga? Et penses que jo m'hi he assegut? En fi, a la classe d'estudis socials ha passat una cosa. Estàvem parlant de l'Anna Frank, però hi ha hagut un moment que era com si tothom també parlés de la Catalina.

—Ah, sí? Com?

—Doncs, era com si diguessin que l'Anna Frank i la Catalina eren semblants, però que la Catalina tenia KidNet. Però no han esmentat KidNet exactament.

—Han dit que la Catalina era com l'Anna Frank?

—D'alguna manera... sí.

Al cap d'un segon, l'Elliot va dir:

—No ho trobes una mica agafat pels pèls?

—Doncs, ara sí, però en aquell moment tenia lògica. Parlàvem de com hi ha gent que és perseguida, i que l'únic que va fer l'Anna Frank va ser explicar la seva història, i que si hagués tingut Internet aleshores potser les coses haurien anat d'una altra manera. Perquè el món s'hauria assabentat de la seva història immediatament.

—Ah.

—Mira, ningú no ha esmentat el nom de la Catalina. Però era evident que tots parlaven d'ella.

—Sí?

—Més o menys.

—Ah. I com ho vas fer per enviar aquest missatge?

Li vaig explicar com trobar les llistes de correu i com distribuir un arxiu.

—Ho provaré —va dir.

—Amb què?

—Encara no ho sé. Ja ho veuràs. Ei, per què no? Estic aquí assegut, sense res a fer.

—Però vés amb compte —vaig dir.

—Amb compte? Amb què?

—No n'estic segur, exactament. El senyor Dallas va dir que anéssim amb compte.

—Tota la vida he anat amb compte —va dir l'Elliot—. N'estic tip i cuit, d'anar amb compte.

Després de sopar vaig mirat el Net. Hi havia un missatge de l'Elliot.

Benvolguts alumnes de primer,

Aquesta és una altra història de la vostra Escola Darkland. Heu llegit la de la Catalina Aarons? Bé, aquella era del LABAE. Si no sabeu què és el LABAE, teniu sort. Doncs això és el que m'ha passat a mi.

Hi ha tres nois... Tots sabeu qui són. (Potser hauria de dir a tothom qui sou, nois. Què us en sembla? Ho dic?) Aquests nois fantàstics, jo els anomeno Tinyosos. Sí, els Tinyosos, perquè són com un fong. Empipen alguns nens perquè ho troben bestialment divertit. Això és el que m'han fet últimament. Ja em direu si ho trobeu divertit.

Primer em van encerclar en sortir de l'escola davant del parc de School Street. Era una cosa força habitual. Es pensaven que em farien les gracietes habituals, com treure'm coses de la motxilla, estripar-me els fulls dels deures, jugar a passar-se els llibres de la biblioteca. I jo sempre deia: «Au, va, pareu, torneu-m'ho!». I, evidentment, ells reien i reien perquè ho trobaven molt divertit.

Això és el que feia. Però aquesta vegada em vaig enfadar. M'hi vaig tornar, i també els vaig dir el que en pensava, i això sí que els va posar furiosos, pobrets.

O sigui que em van agafar i em van arrossegar (entre tres, i jo els vaig clavar totes les guitzes que vaig poder i els vaig insultar) fins al pont sobre el riu i em van penjar per fora de la barana intentant espantar-me i fer que em disculpés per ferir la seva delicada sensibilitat. No em vaig disculpar perquè no em sabia greu i no me'n sap.

Vaig seguir resistint-me i finalment, «sense voler», em van deixar caure. Daltabaix del pont. Sobre les roques. Al riu.

I llavors sabeu què van fer? Van fugir.

Oi que són valents? Jo havia caigut a l'aigua i ells van tocar el dos. El meu amic em va haver de rescatar i portar-me a l'hospital. Tenia commoció i un turmell torçat. Però mireu, nois, sabeu què? Encara hi sóc! Què fareu ara?

Crec que tothom hauria de saber que a l'Escola Darkland aquestes coses passen cada dia. La resta de vosaltres també en sou responsables, però ho deixeu fer i potser us penseu que és divertit, o penseu que això només els passa als penjats, o als nens que són baixets o prims o no tenen gaires amics o no tenen tants diners com vosaltres. Però a veure: què passarà el dia que no tingueu tants amics, o no tingueu tants diners o us passi alguna cosa dolenta?

Sabeu què? Us pot passar qualsevol dia. Un dia et quedes una mica enrere i l'endemà ja pots ser a l'altre bàndol. Sí, tu també. Caient daltabaix d'un pont.

Penseu-hi.

Sí, hi ha un LABAE. Ens interessen les històries reals dels alumnes de l'Escola Darkland. Aquestes són les nostres. Quina és la vostra?

Ah, i escolteu, Tinyosos: no sóc l'únic que sap qui sou. Estigueu alerta!

Elliot Gekewicz
LABAE

L'Elliot no va tardar gaire a trucar.

—Què? Ho has llegit?

—Sí. Ho has enviat a tothom?

—A tots els de primer. —Estava animadíssim.— Què t'ha semblat?

Vaig sospirar.

—No ho sé. No has explicat ben bé tota la història.

—No creus que és el que va passar?

—Home, potser sí, però... dir aquestes coses sobre aquells nois... no ho sé, Elliot. No et vaig dir que va ser bàsicament en Chris qui et va treure de l'aigua?

—Potser sí que m'ho vas dir, però i què? Van ser ell i en Blanchette els qui em van deixar caure.

—No crec que ho fessin expressament.

—Ei, de quin bàndol estàs? —va exclamar—. Saps totes les coses que m'han fet aquests nois, abans d'això? Mai els va importar com em sentia amb tot allò. Per mi que pateixin pel que els pot passar. Que es despertin al matí sentint por. Ja és hora que experimentin el que se sent.

—Però, què passarà quan tornis, Elliot?

—No ho sé. Però què em poden fer que no m'hagin fet ja? A més —va abaixar una mica la veu—, si puc fer això, juraria que ni tan sols ho intentaran.

—Potser sí, però has dit que érem el LABAE. Has dit que la carta de la Catalina era del LABAE.

—Sí! És un gran nom.

—Potser sí, però no n'havíem parlat. I no tinc tan clar que la Catalina vulgui participar-hi.

—Per què?

—Crec que ara té amigues noves.

Hi va haver un llarg silenci.

—Li telefonaries? —va dir—. Per saber-ho?

—No ho sé.

—Va. Almenys explica-li el que he fet. Potser esbrinaràs alguna cosa.

—D'acord. Ho provaré.

—Ja m'ho explicaràs.

Vaig sospirar.

—Què passa? Sóc el teu espia?

—Sí, nano. Jo no puc sortir d'aquí.

Feia gràcia que a l'Elliot li fes més por perdre la Catalina que ser trepitjat pels Tinyosos. Però suposo que tenia lògica, si més no per a ell.

Vaig telefonar a la Catalina.

—L'Elliot ha escrit una cosa sobre el nois que li van fer allò —vaig dir—. Ja ho ha enviat. A KidNet.

—A qui?

—A tots els de primer.

—Mmm. Això és bo o dolent?

—No n'estic segur. És una carta molt combativa. Em fa una mica de por que no empitjori la situació per a nosaltres.

—Per què nosaltres?

—L'Elliot diu que som el LABAE. A la carta, vull dir. Diu que la teva carta era del LABAE. Tal com ho sents.

—La meva carta era meva —va dir la Catalina.

—Ja ho sé. I, mira... no ho sé, suposo que segurament tampoc voldràs continuar sortint amb nosaltres.

Després d'un segon, ella va dir:

—Què t'empatolles?

—És que et vaig veure dinant amb l'Allison i les seves amigues.

—I què?

—Que em vaig imaginar que ara tenies amigues noves.

—No entenc res —va dir ella—. Vaig escriure una cosa i m'alegro que la gent la llegís. M'alegro que aquelles noies em volguessin dir que els havia agradat. Però això no m'ha canviat. No canvia qui és amic meu.

—No?

—No.

—Però, i si aquelles noies comencen a ser amigues teves?

—I què si ho són? Per què hauria de canviar les coses, això?

—A mi em semblava que sí.

—Doncs, no —va dir.

L'endemà a la tarda, a l'hora d'activitats, vaig mirar els meus missatges. En tenia un de l'Elliot.

«Tu i la Catalina hauríeu de passar per casa meva després de classe. Us vull ensenyar una cosa».

La Catalina tenia classe de saxo després de l'escola. Li vaig explicar com anar a ca l'Elliot i va dir que ja ens hi trobaríem.

Després de classe vaig travessar el parc caminant. En Burke i en Blanchette eren a la pista de bàsquet, encistellant. En Chris Gros no hi era. Pensant-ho bé, feia molt que no veia en Chris Gros amb ells.

Vaig continuar caminant. En Burke i en Blanchette van deixar de jugar. Van sortir al carrer.

—Russt, ei xaval —va dir en Blanchette. Em va enlluernar amb el seu somriure de nen maco. En Burke era darrere d'ell, sense somriure.

—Ei, tio —va dir en Blanchette—, què li passa al teu amic?

—Per què? Que us amoïna alguna cosa?

En Burke va sortir de darrere en Blanchette; em va enganxar la cara furiosa a la meva.

—Ei, mocós, és el penjat del teu amic el que ha d'estar amoïnat.

—Això creus? De veritat?

En Blanchette va apartar en Burke.

—T'he dit que parlaria amb ell —vaig sentir que xiuxiuejava.

—Sí, doncs parla amb ell —va contestar en Burke, també xiuxiuejant. Els seus ulls van llampegar cap a mi per sobre l'espatlla d'en Blanchette—. Digue-li.

—D'acord —va murmurar en Blanchette—. No t'esveris. —Es va girar i va fer un gest de menyspreu amb les mans, com si allò fos poca cosa.— Ens preocupa que el teu amic es dediqui de cop a divulgar històries fantàstiques.

—Sí —va rondinar en Burke—. Ràdio Lliure Cretikewicz.

—És veritat —vaig dir—. Jo sé que és veritat, i vosaltres sabeu que ho sé. Ho vaig veure.

—Sí, doncs, no importa gens el que vas veure —va dir en Burke, tornant a esquivar en Blanchette i acostant-me la cara una altra vegada—. No vol dir absolutament res el que vas veure.

—No? I com és això, Burke? —Havia tingut la cara d'en Richie Tucker enganxada a la meva. Allò no era res.

En Burke es va posar molt vermell. De fet, tremolava.

—Mira —va dir en Blanchette somrient, mentre apartava una altra vegada en Burke—. Tu hi eres —em va dir—. L'Elliot ha exagerat, oi? El que va passar va ser un accident. Va ser tant culpa seva com nostra! Tu vas veure el que ens va fer.

—Què us va fer? Què, tornar-s'hi per fi, després de totes les barbaritats que ha rebut?

El somriure d'en Blanchette va créixer.

—Sí —va fer petar la llengua—. Ens vam quedar parats, sí. Nosaltres ens pensàvem que era un joc. Semblava que li agradés que estiguéssim per ell, saps?

Vaig recular.

—Jon —vaig dir—, de veritat et penses que sóc tan estúpid?

—Escolta, cara de cul —va esclatar en Burke, enganxant-me la cara per tercera vegada—. Tu et deus pensar que ets la merdeta més llesta del món, oi? Tu i el teu amic pirat ja podeu jugar tant com vulgueu amb els ordinadors, d'acord? Però digues al teu amic pirat que sense noms. Tu digue-li, eh? Sense noms! —Em va clavar una empenta.— Si divulga alguna cosa amb els nostres noms, jo mateix...

—Tu mateix què? —Tots ens vam girar. En Richie Tucker va sortir del bosc de darrere de les pistes de tennis. Caminava cap a nosaltres.

—Tu mateix què? —va repetir, dirigint-se a en Burke. Va alçar les celles—. Eh?

—Res —va dir en Burke, girant-se.

—Ei, Richie —va dir en Blanchette—. Què hi ha, col·lega?

—És el que m'agradaria saber —va dir en Richie. Es va picar la barbeta amb un dit—. He vist dos nois molestant un nen. M'he dit, que és una baralla? Sembla una baralla. Sembla divertit. Dos contra un. I se m'ha acudit que podria ser més divertit si fos... dos contra dos.

En Burke i en Blanchette ja estaven reculant.

—Recorda el que t'he dit —va dir en Burke, mirantme a mi, no a en Richie.

Vaig somriure. La cara d'en Burke es va tensar, després va mirar en Richie. Es va girar i se'n va anar.

—Ja ens veurem —va dir en Blanchette, somrient.

En Richie i jo els vam observar.

Es van descuidar la pilota.

—De què anava, això? —va preguntar en Richie.

L'hi vaig explicar.

—Aquell parell van llançar el meu amic daltabaix del pont. El meu amic va haver d'anar a l'hospital, i encara no ha pogut tornar a l'escola. Es va posar furiós. I va escriure una carta explicant el que havia passat i la va enviar a tots els alumnes de primer.

—Com, per ràdio?

—A través de KidNet.

—Ho podeu fer?

—Vam descobrir que podíem —vaig dir—. Però l'Elliot, el meu amic, no va esmentar els noms d'aquests nois. I ara els amoïna que ho faci. Ens volen fer por.

En Richie va mirar els Tinyosos, caminant per School Street. En Blanchette es va girar cap a nosaltres. En Richie va fer una rialleta.

—Són uns calamars.

Vaig somriure.

—Sí.

—No et poden fer res.

—No —el vaig mirar—. Escolta, no calia que ho fessis.

—Mira, nano, les coses són així. Si em faltes al respecte, ho pagues. Si em toques la pera, reps. Entesos? Si ho entens, tot anirà bé. Està clar?

Vaig pestanyejar. Vaig tardar un segon a entendre que parlava de pegar-me.

—D'això... no em referia a allò —vaig dir—. Em referia a ara, amb aquests dos. No calia.

—No calia què? Dos tios que es comporten com si t'anessin a pegar? I tu sol? Això no està bé.

Vaig arronsar les espatlles.

—Doncs, gràcies.

—De res. Saps una cosa? Els has plantat cara.

—Ah, sí?

Va arronsar les espatlles.

—No està malament.

—Gràcies...

Es va entaforar les mans a les butxaques.

—A mi també em vas plantar cara —va dir.

—Què?

Va arronsar les espatlles.

—Em vas fer aquelles preguntes. Te'n recordes?

—Sí...

—Va estar bé, que em fessis aquelles preguntes —va dir ràpidament—. De veritat, no em va fer res.

—Doncs a mi em va semblar que sí —vaig balbucejar—. Em vas pegar.

—Home... és que s'han de fer les preguntes correctes.

—Ah —vaig dir. No tenia ni idea de què estava passant. Com sempre.

—Això està bé —va dir en Richie—. Si plantes cara a la gent, et respecten. I, escolta... nano. Si algun dia em vols tornar a fer preguntes, endavant. Fes-ho. —No tenia ni idea de què dir. Va recollir la pilota de bàsquet i me la va donar.

—Té —va dir—. No perdis les pilotes.

—Oh, no és meva. En necessites una?

Se li van ajuntar les celles i em va enganxar la cara.

—Què estàs dient? Estàs dient alguna cosa?

—Jo? No!

Em va mirar fixament.

—Més val que no.

Vaig pestanyejar.

—No sé de què parla ningú —vaig dir.

En Richie es va apartar.

—I tant que ho saps —va dir. Em va continuar mirant. Però crec que aquesta vegada no buscava febleses.

—Posa els calamars al seu lloc —va dir—. T'ha quedat clar? —Vaig fer que sí.— Bé, què més? —va preguntar.

Vaig encongir les espatlles.

—No n'estic segur.

—Doncs, a veure si ho descobreixes —va dir—. T'observo.

—Ja ho sé.

En Richie em va mirar als ulls, i va assentir. Després es va girar i va marxar.

Ei, nois!

—Som-hi —va dir l'Elliot quan va arribar la Catalina.

S'havia esperat per ensenyar-nos-ho. Va baixar del llit i va saltar fins a la cadira, que era bastant flipant, una cadira d'executiu del despatx del seu pare, que havien agafat perquè tenia rodetes i l'Elliot es pogués bellugar. Va lliscar fins a la taula.

—Ha arribat tot això —va dir, mirant el teclat i esperant que el salvapantalles de dinosaures desaparegués—. He ajuntat tots els missatges perquè ens els puguem veure.

—Veure què?

—Tu mira.

L'arxiu que va aparèixer a la pantalla tenia tres missatges.

Benvolgut LABAE,

Una vegada una nena es va burlar de mi perquè havia tret un o en un examen d'ortografia. Em va dir «cervell de bacteri». A l'autobús va fer que els altres nens cantessin «Burra i més burra, burra i més burra, burra i més burra». Ara m'ho fa contínuament.

Gairebé cada matí m'espera un noi, que fa segon. De vegades fa que dos nois més m'agafin pels braços per poder-me pegar. Em pega i em pega. Una vegada em va tirar en un bassal de fang, i vaig tenir fang enganxat als pantalons tot el dia a l'escola. Em posa tan furiós que li voldria fer mal, mal de veritat.

Ei nois,

Jo crec que no és tan senzill com que hi hagi nens bons i nens dolents. Una vegada vaig sentir cops al passadís i vaig treure el cap de l'aula i vaig veure un nen gran que llançava un nen petit contra un armariet. L'agafava i el tornava a llançar, amb força, com si jugués a pilota contra la paret. Després he vist que hi ha dos nois que sempre ho fan, això. A l'hora del pati el nen gran busca el petit, li fa donar voltes i l'aixafa contra terra. Es pot pensar que això només és un assetjament cruel i és el que també vaig pensar jo la primera vegada. Però després vaig notar que el nen petit sempre cridava i deia alguna cosa provocadora, com ara «No em pots fer mal, aquest no m'ha fet mal», i llavors el nen gran el perseguia i tornaven a començar. Hi ha altres nens que peguen el nen petit. Ell els incita. Es fa dir «Goril·la». Li encanta rebre. Això també és veritat.

—No ho entenc —vaig dir—. Són de tres nens diferents?

—Sí —va dir l'Elliot, girant la cadira.

—D'on vénen?

—Han vingut a través de KidNet. Eren respostes a la meva carta. Aquest és un missatge que ha arribat amb una d'aquestes...

Va agafar el ratolí i va picar dues vegades.

«Benvolgut Elliot», deia, «aquesta és la història que puc explicar. Per favor, fes el mateix amb la meva».

—Què vol dir, «el mateix»? —vaig dir.

—Vol dir que l'enviï. A tothom. Com vam fer nosaltres.

Vaig mirar la Catalina, que estava quieta amb cara d'estupefacció.

—O sigui que aquests tres nens han llegit la teva carta —vaig dir—, i t'han enviat la seva?

—La teva capacitat de deducció és increïble —va dir l'Elliot.

—Per què no les poden enviar ells mateixos?

—Nosaltres som els que sabem com fer-ho, o no te'n recordes? A més, és el que fem. Ara ho sap tothom —va fer que sí amb el cap i va encreuar els braços.

—Tu què en penses? —vaig preguntar a la Catalina.

Ella sacsejava el cap.

—Doncs... jo. Ei! Crec que ho hauríem de fer. I que hauríem de demanar que ens n'enviessin més.

—Demanar-ne més? Per què? —vaig exclamar—. Perquè encara més nens rebin?

—M'han enviat les seves històries perquè han volgut —va dir l'Elliot—. Igual com jo vaig voler enviar la meva.

Vaig bellugar el cap.

—Va ser una bogeria, el que vas escriure tu. Vols saber el que has provocat ja? En Burke i en Blanchette m'esperaven, fa una estona, per dir-me que et mataran si divulgues els seus noms.

—Això t'han dit?

—Era la idea general.

—T'han pegat o què?

—No! A mi aquells dos no em fan por.

—Doncs a mi tampoc —va dir l'Elliot—. Llavors per què no hauríem d'ajudar altres persones a divulgar el que els ha passat? Potser ells tampoc tornaran a tenir por.

No ho sé... m'amoïnava. No sabia ben bé per què.

—Saps què sembla? —vaig dir finalment—. Sembla un d'aquells programes matinals escombraries. Vull dir que potser podem donar cinc minuts de fama a la gent, perquè són víctimes. Tothom pot llegir la seva història i dir «Uau, quina vida més trista!». I llavors què? O els trenquen els braços i les cames perquè ho han explicat o uns quants nens els tenen llàstima i tothom se'n riu.

—Ostres —va exclamar l'Elliot—. Es pot saber què et passa?

—No em passa res. És que no crec que sigui bona idea. Només ho empitjorarà tot.

—Per a mi no ha empitjorat —va dir la Catalina amablement.

—No? —va dir l'Elliot.

—No. És estrany, però des que vaig enviar la meva carta, els altres nens em tracten d'una manera diferent. És com si ara em veiessin. Abans era... invisible. No significava res per a ningú.

L'Elliot va encreuar els braços.

—Sí —va dir.

Vaig arronsar les espatlles.

—És difícil de descriure exactament —va dir la Catalina—. Ara la Bethany no se m'acosta. No sé si li fa vergonya o si està pensant què em farà a continuació, però per ara no ha fet res. I els altres nens, fins i tot alguns dels més sol·licitats, ara em saluden. És una gran diferència, sabeu?

—I jo vaig enviar la meva història i he rebut tres respostes —va dir l'Elliot—. És alguna cosa, Russell. Ho hem de continuar fent.

—Però la història de la Catalina era diferent —vaig dir—. Aquests nens parlen de coses que passen quotidianament a l'escola. Als nens que les fan, els agrada ser el centre d'atenció.

L'Elliot es va tirar enrere i va pensar.

—Entesos, què et sembla això? —va dir—. Enviem els missatges, però traiem els noms. Els noms a la xarxa. Ni adreces, ni noms d'autor. Així ningú no sabrà qui són.

—I si els altres nens s'imaginen qui són?

—Russell, aquests nens volen que divulguem les seves històries —va dir—. Ens ho han demanat.

—Només ho ha demanat un.

—Tots ho volen —va dir—. Per això ens han enviat les seves històries. Ostres —l'Elliot es va tirar enrere.

Però jo em sentia tossut.

—N'estic segur. Airejar aquestes històries només empitjorarà les coses.

—Això no ho saps —va dir l'Elliot.

—T'ho juro.

—Per què no ho descobrim? —va dir la Catalina.

Tots dos la vam mirar.

—Bé —vaig dir—, representa que som el LABAE, oi? Representa que estem experimentant. Per què no ho provem, a veure què passa? Podem enviar aquestes històries, anònimament com has dit, i demanar-ne més. Si en rebem més, les podem tornar a enviar, i veure què passa.

—Les enviem a tots els de primer, oi? —va dir l'Elliot.

Ella va arronsar les espatlles.

—Per què no als tres cursos?

—El *Butlletí del LABAE* —va murmurar l'Elliot, tornant a seure més dret—. Ho podem enviar a tots els nens de l'escola.

—No és un bon nom —vaig dir.

—Per què no? —va preguntar l'Elliot.

—És massa... juvenil, sona a cosa de nen petit. Ha de ser més potent —havia de reconèixer que la idea em començava a engrescar.

—Mmm —va dir l'Elliot—. Com què?

—No ho sé. Què et sembla... *La Lliga de la Justícia*?

—Batejar-lo amb nom de superheroi? Això fins i tot em sona raret a mi —va dir l'Elliot, ara somrient.

—D'acord, d'acord. I *Els Venjadors*?

—Una sèrie de la tele —va dir ell—. Molt antiga. En van fer una pel·li. Dolentíssima.

—Entesos, a veure...

—*El Revelador* —va dir la Catalina.

La vam mirar.

—Ei! —va dir l'Elliot—. Potser sí.

—Perquè estem revelant la veritat —va dir ella.

—Sí! —l'Elliot es va girar cap a mi—. Tu què en penses?

—Sembla una publicació de supermercat. *El Revelador*. Nadons aliens amb molts caps!

—No és veritat —va dir l'Elliot—. A més, la gent llegeix aquestes coses.

Vaig arronsar les espatlles.

—A mi ja m'està bé.

Vam decidir utilitzar l'Elliot com a punt de contacte, perquè era a casa. Això és el que va escriure:

El Revelador de Darkland

Som tres alumnes de primer de Parkland, en Russell Trainor, l'Elliot Gekewicz i la Catalina Aarons. Ens podeu trobar a l'adreça de SchoolTream: Troo.

Hem estat el blanc de males passades i de nois horribles, i potser vosaltres també. Hem vist com l'assetjament i els abusos dels alumnes contra els alumnes són increïblement habituals en aquesta escola. De fet, pensem que ha sortit de mare. L'escola no hi fa res, i per això continua passant. Si ja ho has patit, ho saps. Si no te n'havies adonat, ja és hora que te n'adonis.

No explicarem per què fan aquestes coses els nens, perquè la veritat és que no ho sabem. No us direm que hi ha nens dolents i que els nens que reben són bons, perquè potser no sempre és tan senzill.

Només us volem explicar històries veritables. Volem explicar a la gent les vostres històries.

Vam començar amb dues històries pròpies. Les vam enviar a través de SchoolStream. No esperàvem que altres nens ens enviessin les seves. Però tres nens ho van fer.

Aquestes són les seves històries. Si has estat víctima d'un mal comportament, envia'ns la teva història. La inclourem en el següent *Revelador*. No divulgarem el teu nom.

No sabem segur què pot passar amb això, però ens interessaria descobrir-ho. Potser vosaltres també ho esbrinareu, sobretot si llegiu algunes de les coses que vénen a continuació.

Per enviar-nos la vostra història, l'únic que heu de fer és escriure-la en un missatge de SchoolStream, o incloure-la en un arxiu adjunt. Expliqueu el que us ha passat. Descriviu els fets.

Atentament,
Els Reveladors

No vam fer servir la paraula «víctima» en cap moment. Va ser idea meva. Vam afegir les històries dels tres nens al final, sense noms ni adreces. Vam buscar el menú de Distribució, i vam mirar les opcions un moment. Després vam triar Tots.

Vaig pensar que el que havíem escrit estava força bé. No sabia què passaria. Però quan vam acabar de fer la distribució —vam prémer la tecla i ja està—, l'Elliot es va girar amb la mà aixecada i va picar la meva. Després el vam haver d'agafar abans que caigués de la cadira d'executiu del seu pare.

Per sempre teu

L'endemà, mentre sortíem de la classe d'estudis socials, la senyoreta Hogeboom va dir:

—Ah, Russell.

Vaig apartar-me de la riuada de nens que s'apinyaven a la porta.

—Vaig llegir el vostre *Revelador* a la xarxa —va dir.

Vaig pestanyejar.

—Ah, sí?

—Sí. Et sap greu?

—És que... creia que només l'havíem enviat als alumnes.

—Doncs a mi em va arribar —va dir ella—. Potser el vau enviar a tota l'escola.

Per un moment l'aula es va gronxar.

—A tota l'escola? Com a la senyora Capelli i a tothom? —la senyora Capelli era la directora. Encara ho és.

—Podria ser —va dir la senyoreta Hogeboom—. Et

volia dir que és agosarat i que té força. És com un diari *underground*.

—Un què?

Va riure.

—Ja m'imagino que no has sentit parlar dels diaris *underground*.

—Doncs... la veritat és que no.

—És un diari que qüestiona el sistema. —Tenia els ulls lluents. Jo no tenia ni idea de què parlava.

—El sistema és la manera com la gent creu que han de ser les coses —va dir ella—. Sobretot les persones que tenen el poder.

La paraula «poder» em va tornar de cop a la realitat.

—Com la senyora Capelli? —vaig dir.

Sentia la boca seca. Era com aquell joc de les boles que et prediuen el futur, les que els fas una pregunta i les remenes, i després mires fins que apareix una resposta. Em sentia com si la resposta anés apareixent, i fos: «L'has ben espifiat».

—Doncs, sí, en part —va dir la senyoreta Hogeboom—. Però crec que el sistema no és tant les persones com les coses que aquestes persones donen per fetes. Per exemple, les persones donen per descomptat que aquesta mena d'incidents són inevitables a la vostra edat. Es té tendència a dir «Ai, sí, ja se sap com són els nens». És com si acceptéssim que la crueltat i la violència formen part del creixement. No sé per què hem d'acceptar una cosa com aquesta. —La senyoreta Hogeboom pràcticament parlava sola en aquest punt.

—Veus com m'heu fet pensar?

—No preteníem que ho veiessin els grans —vaig dir.

Va fer que sí amb el cap.

—No sé què en pensarà la Janet —va murmurar.

Em feia l'efecte que la senyora Capelli (la Janet) no s'entusiasmaria gaire. No havíem dit que l'abús de nens contra nens havia sortit de mare a la seva escola? De fet, la senyora Capelli ja era una dona molt tibada. Tendia a considerar el comportament dels altres com a «correcte» o «incorrecte» i jo no tenia cap dubte del lloc que ocuparia això en la seva escala de valors.

De sobte, vaig pensar que potser era la senyora Capelli la «certa figura d'autoritat» que havia posat nerviós el senyor Dallas per com podíem utilitzar la xarxa. «Aneu amb compte», havia dit. Segurament perquè no era capaç de dir-nos: «Comporteu-vos correctament».

—Més val que corris —va dir la senyoreta Hogeboom.

Jo pensava el mateix.

L'Elliot havia tornat aquell dia. Després de les classes m'estava davant del seu armariet aguantant-li les crosses mentre ell omplia la motxilla.

Em vaig repenjar a l'armariet.

—Saps el que hem fet?

—Què?

—Hem enviat *El Revelador* a tota l'escola. No tan sols als alumnes.

—I què?

—I què? No et sembla malament?

—No ho sé. Quin mal hi ha?

En aquell moment, en Jake Messner es va parar davant.

—Ei, nois —va dir.

—Ah... ei.

—Sabeu què? El que feu és una passada —va dir en Jake—. Allò del KidNet.

L'Elliot el va mirar fixament.

—Gràcies —vaig dir.

—Segur que tothom ho ha llegit... però ningú no en parla —va dir en Jake en veu baixa—. Què creieu que significa?

—No ho sé —vaig dir.

Va sacsejar el cap.

—Jo tampoc. Bé, en fi... espero que continueu traient-ho. Digueu-m'ho si us puc ajudar. D'acord?

—I tant —vaig respondre. Va saludar i se'n va anar—. No et quedis aquí amb els ulls desorbitats —vaig dir a l'Elliot—. Sembles una granota.

—En Jake Messner ha dit que som una passada.

—No ha dit que siguem una passada. Ha dit que *El Revelador* ho era, si fa no fa.

—No ha dit «si fa no fa» —va dir l'Elliot—. Ha dit que era una passada.

—És un bon tio.

—I a tu et preocupa que els altres ho llegeixin —va dir l'Elliot. Es va posar la motxilla i va començar a caure enrere, agafat a les crosses. El vaig agafar i el vaig posar recte.

—Encara no les domino —va dir—. Ei! Allò que vas escriure de quan en Richie et va pegar, posem-ho al pròxim *Revelador*.

—Què? Ni parlar-ne.

L'Elliot em va mirar.

—Jo vaig escriure sobre els Tinyosos —va dir—. La Catalina va escriure sobre la Bethany.

—La Catalina no va escriure sobre la Bethany.

—Més o menys, sí.

—No vull que hi posis el que vaig escriure. Parlo seriosament, Elliot.

—Per què? Representa que tothom ha d'explicar les seves vivències, però tu no has d'explicar la teva? —L'Elliot es va començar a gronxar passadís avall.

—No, no ho he de fer. I potser no ho vull.

Es va aturar.

—Et fa por que et torni a pegar si ho fas.

Vaig negar amb el cap.

—De fet, no crec que em pegués. Quan en Burke i en Blanchette em van amenaçar, en Richie els va fer fora. Encara que no em feia cap falta —vaig afegir ràpidament.

—I ara et penses que és el teu col·lega? En Richie Tucker?

—No. És que s'ha comportat... diferent. Em va dir que li podia fer preguntes.

L'Elliot va pestanyejar.

—Preguntes?

—Sí.

—Doncs, fes-ho! Pregunta per què aterreix les persones.

—Això ja ho vaig fer. Gairebé em trenca la cara.

—D'acord, doncs pregunta-li com ho fa. Com s'ho fa per afectar tant les persones? Com s'ho fa per espantar tant una persona?

—Mmm —vaig dir—. Potser li agradaria que l'hi preguntés. O potser em trencaria la cara.

—És com si ho veiés: «Perfil d'un depredador» —va dir l'Elliot, aixecant una mà com si seguís un titular. Va somriure—. Qui no ho voldria llegir?

Quan la meva mare va arribar a casa va dir:

—Què fas aquesta nit?

Era divendres.

Vaig arronsar les espatlles.

—Res.

—Doncs, per què no preguntes a l'Elliot i la Catalina si els agradaria anar al cine? Si no ha d'estar massa incòmode. Crec que vosaltres tres hauríeu de fer alguna cosa junts.

No era mala idea. L'Elliot no estava segur si li faria mal o no el turmell assegut tanta estona en una cadira, però estava tip d'estar a casa. La Catalina va dubtar un segon i després va dir que sí.

El multicine del centre comercial era on volíem

anar. Primer vam recollir l'Elliot; va pujar darrere i vam col·locar les crosses entre els dos seients de davant. Es van clavar entre nosaltres com una partició. Quan vam arribar a casa de la Catalina, la meva mare em va fer anar a la porta i tocar el timbre. La Catalina va sortir amb faldilla i mitges. Només l'havia vist amb texans. De sobte, em vaig sentir estrany. No sabia si seure al davant o deixar seure-hi la Catalina. Vaig decidir obrir la porta de darrere i pujar.

La meva mare es va girar ràpidament i em va mirar d'aquella manera.

—Què?

—Li podries haver obert la porta —va dir—. Ho has fet per l'Elliot.

—L'Elliot va amb crosses.

La Catalina va pujar davant. La mare em va mirar arrugant el front pel retrovisor. Després va somriure a la Catalina.

—Estàs molt maca —va dir.

—Gràcies —va dir la Catalina, i es va mirar les mitges. Estava callada. Tots estàvem callats. De sobte volia tornar a ser a casa davant de l'ordinador, o mirant la tele o llegint un còmic o el que fos. El que fos menys allò.

—Què us ve de gust veure? —va preguntar la mare.

—*Aniquilador Tres* —vaig dir.

—*Biorisc* —va dir l'Elliot.

—A mi m'agradaria veure *Per sempre teu* —va dir la Catalina.

La meva mare ens va mirar somrient, amb les celles aixecades.

—Bé, n'hauríem de parlar —va dir.

Però no en vam parlar. Vam quedar callats.

—Catalina és un nom preciós —va dir finalment la mare.

—Gràcies. Me'l van posar per l'hidroavió.

—Perdona?

—El PBY Catalina. Era un avió patruller naval nord-americà durant la Segona Guerra Mundial, al Pacífic. El meu avi Diodado va triar el nom. Va servir amb els americans, a la campanya de la guerrilla. El Catalina volava per llançar subministraments.

—Molt... històric —va dir la meva mare.

—Catalina també era una santa catòlica —va dir la Catalina—. I un cotxe americà molt gran.

—Un Buick —vaig dir.

—No —va dir la mare—, un Pontiac. Me'n recordo. Era enorme.

—Té raó. Un Pontiac. Al meu avi, li agradaven tots tres. Però sobretot l'hidroavió.

—Que interessant —va dir la mare.

La Catalina va arronsar les espatlles.

—Les Filipines són així.

Fins i tot fer cua al cine va ser complicat. A mitja cua, al vestíbul, hi havia la Bethany i la seva colla. Es va girar quan vam travessar la porta de vidre i va observar el nostre llastimós trio: l'Elliot batallant amb les crosses, la Catalina molt tensa, i jo mirant a tot arreu menys als meus únics amics. A la cara de la Bethany es va dibuixar un somriure de menyspreu. Després es va girar majestuosament. A mitja cua també hi havia en Turner White, tot sol com sempre, i de negre, com sempre. A través de la porta de vidre de l'entrada vaig veure l'Allison Kukovna i dues amigues seves. Els adults i els adolescents que hi havia enmig eren com espaiadors.

—Què farem? —va dir l'Elliot.

—De què?

—Quina pel·lícula veurem?

—Tant és la pel·lícula que diguis —vaig dir—. Un cop a dins pots entrar a qualsevol sala.

Però semblava preocupat. Preocupat i friki.

—Totes comencen a la mateixa hora? —va preguntar.

Vaig mirar la llista.

—Sí —vaig dir—. Si fa no fa.

Quan vam arribar a la taquilla, cada un va dir la pel·lícula que volia. Quan vam ser dins, el grup de la Bethany s'havia avançat, però l'Allison s'esperava amb les seves amigues.

—Hola, Catalina —va dir—. Què vas a veure? —També ens va somriure a nosaltres. S'ha de reconèixer que l'Allison era bàsicament bona tia.

—A mi m'agradaria veure *Per sempre teu* —va dir la Catalina, i ens va mirar.

—Ah, nosaltres també hi anem! —L'Allison va abaixar el cap—. És la tercera vegada que vinc. Quantes vegades l'has vista?

—Cap —va dir la Catalina, encongint-se.

—Ai, nena... anem!

L'Allison es va posar en marxa; després ens va mirar. Les seves amigues es van mirar. La Catalina també ens va mirar i vam veure què volia fer.

—Endavant —va dir l'Elliot.

—Sí —vaig dir jo—. No passa res.

—Segur? —gairebé xiuxiuejava.

—Del tot.

La Catalina es va girar i unes energies femenines invisibles la van atraure cap al grup de l'Allison. Van travessar el vestíbul, cap a les escales emmoquetades. L'Elliot i jo ens vam quedar quiets, mirant-les.

—Ei —va dir una veu rere nostre—, tampoc us agradaria aquell drama lacrimogen. —Era en Turner. Duia una gran caixa de regalèssia. Fins i tot els dolços que menjava eren negres.— És molt manipuladora —va dir—. Un amor veritable impossible que no té cap possibilitat i després la mort —va somriure—. Només per a dones.

—Nosaltres només volem la mort —va dir l'Elliot somrient.

—I persecucions de cotxes —vaig afegir.

—Això és el principal —En Turner ens va oferir regalèssia—. I què? Què van a veure dos editors electrònics en la seva nit lliure?

—Potser *Biorisc* —vaig dir jo.

—No —va dir l'Elliot—, anem a veure *Aniquilador*.

—*Da Ah-niquilatur* —va dir en Turner—. Un exemple excel·lent de cinema americà. Ei... entro amb vosaltres, d'acord?

En Turner ens va seguir cap a dins, però de seguida va desaparèixer al fons. No li costava gaire això, a en Turner. Era ben bé com si aquell fos el seu element natural, la foscor del cinema.

A l'Elliot li anava més bé seure al mig, on hi havia una fila amb més espai al davant. Un parell de nois d'institut fins i tot es van aixecar perquè ell pogués seure, i jo al seu costat.

Al final de la pel·lícula em sentia estupendament, com si jo fos l'Aniquilador. Vaig anar sortint, però llavors vaig haver d'esperar l'Elliot, que no es podia bellugar gaire bé amb les crosses. No vam tornar a veure en Turner. Al vestíbul, l'Allison i les seva colla van sortir contentes i agafades de bracet, com demacrades supervivents de l'esquinçament de l'amor i la mort. La cara de la Catalina destacava en el grup. Estava vermella i no anava agafada amb ningú.

La meva mare ens esperava a fora, al cotxe. Les noies es van acomiadar de la Catalina i van baixar per la vorera, encara agafades. Sortosament no vam tornar a veure la Bethany. Devia haver entrat a veure *Biorisc*. S'hi devia sentir identificada.

Mentre posava el cotxe en marxa, la mare va preguntar:

—Com ha anat?

—Genial! —va dir l'Elliot.

—Era molt intensa —vaig dir jo.

Però al cotxe l'ambient era una mica tens, i la Catalina seia molt dreta al seient de davant.

—Què et passa, Catalina, maca? —va preguntar la mare.

La Catalina primer es va posar a tremolar. Després les espatlles se li van sacsejar. Nosaltres sentíem uns sorolls suaus i fosos. L'Elliot em va mirar. Jo vaig arronsar les espatlles. La mare va buscar sota el seient i va allargar a la Catalina la caixa de viatge de Kleenex.

—És per la pel·lícula? —va preguntar la mare.

Ella va fer que no amb el cap.

—T'ha dit alguna cosa la Bethany? —va preguntar l'Elliot, abocant-se endavant.

Jo vaig reprimir l'impuls de dir: «És per l'esquinçament de l'amor i la mort?».

—Què et passa, reina? —va insistir la mare amablement.

Finalment, amb una veueta molt fina de nena, la Catalina va xiuxiuejar:

—És que... enyoro la meva mare.

La meva mare li va agafar la mà. «Ostres tu», vaig pensar. Per què havia de pensar en aquestes coses? Jo no hi penso mai, en el meu pare, mai. Senzillament no hi és.

—Hi parles sovint? —va preguntar la mare.

La Catalina va negar amb el cap.

—La mare no es pot permetre telefonar i el meu pare només em deixa trucar-li una vegada al mes.

La mare va sacsejar el cap. La Catalina plorava.

—I el correu electrònic? —va dir l'Elliot.

—Ara no, Elliot —vaig xiuxiuejar.

Però la meva mare es va girar. La Catalina va ensumar i va aixecar el cap.

—Que té ordinador, la teva mare? —va preguntar la mare.

—No, el meu pare se'l va endur —va dir la Catalina—. Però els meus cosins en tenen.

—Hi ha Internet a les Filipines?

—Hi ha Internet a Borneo —vaig dir.

La meva mare va dir:

—Russell, per favor.

—Però si és veritat. Hi ha Internet a tot arreu.

—A Manila tothom fa servir Internet —va dir la Catalina—. Però a la mare i a mi mai no ens havia fet falta —va parar de plorar.

—Crec que ara sí que us en fa —va dir la mare.

Aquella nit, en algun moment, dos nens ens van enviar missatges:

> Hi ha uns nens que sempre es burlen de mi perquè gairebé tots els meus amics són nenes. Em diuen que sóc gai, però no és veritat. Diuen que m'agrada portar roba

de noia, però no és veritat. Diuen que en realitat sóc una nena, però no és veritat. Tant de bo els pogués clavar una pallissa, però no puc.

Hi ha un nen, jo li dic Pugsley (que no és el seu nom de veritat). Seu darrere meu en una de les classes, i em burxa. Em burxa i em burxa, ho fa amb un bolígraf que em clava a l'esquena perquè no ho pugui veure ningú. Fins i tot ho fa durant els exàmens. Jo m'estic intentant concentrar i ell no para de burxar-me. Burxa. Burxa. També espia per sobre la meva espatlla tot el que faig o miro. Intenta esbrinar quines coses m'interessen per poder-me fer la punyeta.

M'agrada portar una gorra. (Si us digués quina sabríeu qui sóc.) A l'escola no podria portar-la, però un dia en Pugsley em va veure fent un dibuix de mi mateix amb la gorra. Va ser una equivocació (va saber que era important per a mi). Llavors, el Dia del Barret vaig cometre l'error de dur-la (ni tan sols posada). Quan érem a classe i em van cridar a la pissarra tenia la motxilla sota el pupitre, oberta, i m'havia robat la gorra. Al final de la classe no hi era. La vaig buscar pertot arreu, la meva gorra! Però havia desaparegut. Quan vam sortir al pati, en Pugsley la duia posada.

Li vaig dir que me la tornés. Va dir: «Boig, pringat!». Aquesta gorra és meva! (Em somreia.) Vaig dir: «Dóna-me-la!». Vaig intentar prendre-li, però no parava d'esquivar-me. Sóc bastant baixet i no hi arribava. Llavors van venir una colla de nens i van fer una rotllana, amb nosaltres al mig. En Pugsley va dir: «Vols aquesta gorra? Vols aquesta gorra?». I la va llançar per sobre el meu cap. Un altre nen la va recollir abans que jo, i la va tornar a llançar abans que la pogués agafar. Llavors tots s'hi van posar i van riure.

Finalment, va sonar el timbre. En Pugsley va tornar a recollir la gorra i la va tirar a un bassal, i la va omplir d'aigua bruta a cops de peu. Després la va trepitjar. Em vaig endur la gorra a casa i la vaig rentar, però ja no va tornar a ser la d'abans. Tampoc l'he tornat a portar a l'escola. De fet, ja ni tan sols me la poso gaire.

Diumenge, a l'hora de sopar, vaig parlar d'*El Revelador*. La meva mare volia saber de què es tractava. I l'hi vaig ensenyar.

—Valga'm Déu —va dir ella—. Estan explicant les seves històries.

—Doncs, sí.

—Sense més ni més? —va dir ella—. Només perquè els n'heu donat l'oportunitat?

—Suposo.

Ella va mirar la pantalla una estona més. Després es va apartar.

—Les persones necessiten explicar la seva història —va dir—. No et sembla? No sempre ho podem fer. Però tu els dónes la possibilitat.

—Suposo.

—Penso que és meravellós —va dir ella—. Potser tu podries explicar la teva història.

—No es pot dir que en tingui cap —vaig dir.

Ella va somriure.

—Crec que ara comences a tenir-ne una.

Un focus de problemes

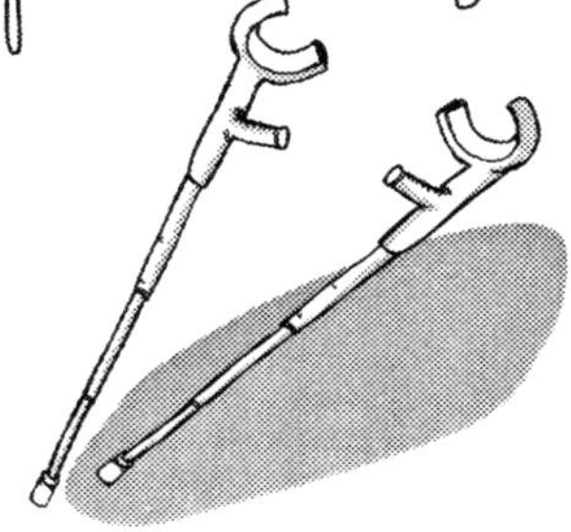

La Catalina em va veure davant d'ella a la cua del menjador i va començar a gesticular, tota excitada. La vaig saludar i ella em va assenyalar la nostra taula del racó.

Quan hi vaig arribar amb la safata vaig trobar un paperet. Era una còpia d'un dibuix, de nosaltres. De nosaltres tres. Tots dos dúiem unes granotes molt grotesques; l'Elliot estava dibuixat realment esquàlid amb un cap gros, i al pit deia «Friki U». Jo tinc unes orelles molt grosses, suposo, i per això me n'havien posat unes que em sobresortien d'un cap de nen amb un somriure ximplet i els cabells disparats en totes direccions. (Només de mirar-la, em vaig passar la mà pels cabells.) La meva granota deia «Friki Dos». (Ei, «Friki Un» no? No... aquest suposo que és l'Elliot.) El Gat, molt més alt que nosaltres, evidentment. Sobre el dibuix, amb grans lletres deia: «EL GAT I LES RATES».

La Catalina va venir a la taula. Tenia les galtes rosades i els ulls molt brillants, però no semblava angoixada.

—Escolta —va dir—, t'he de dir...

—Oh, ostres, Catalina, això és increïblement infantil.

Era l'Allison. Ella i dues amigues seves duien les seves safates i anaven cap a una taula més cèntrica. L'Allison es va desviar per posar-se al costat de la Catalina.

—Em posa furiosa —va dir l'Allison, mirant al sostre i abaixant les espatlles—. Qui ho hagi fet ho ha enviat a una colla de gent. Ara ho estan imprimint i deixant-ho pertot arreu, perquè ho vegem tots. Em sap molt de greu.

Ella i les seves amigues s'havien pintat les ungles amb esmalt platejat brillant.

La Catalina va arronsar les espatlles.

—Té la seva gràcia —va dir. Va obrir el cartró de llet i va fer un glopet.

—Mira, tant de bo sabés qui ho ha fet —va dir l'Allison.

—Em sembla que ens hi podem acostar —vaig dir—. Ei, me'l puc quedar? —vaig agafar el paper—. Et fa res?

La Catalina va arronsar les espatlles.

—No —va somriure a l'Allison amb paciència, com si esperés que se n'anés.

Vaig plegar el paper i me'l vaig guardar a la motxilla. Pensava que com a mínim havia d'anar als arxius d'*El Revelador*, juntament amb aquelles notes malicioses de les noies, que havia guardat.

Les amigues de l'Allison ja se n'havien anat a les taules del centre.

—Bé, m'esperen —va dir l'Allison, acomiadant-se amb la mà.

—D'acord —va dir la Catalina. Tan bon punt se'n va anar l'Allison, la Catalina es va girar ràpidament i va dir—: Funcionarà! Funciona!

—Què?

—La idea de correu electrònic que vau tenir. Ahir vam parlar per telèfon, vaig demanar al meu pare si podíem avançar la trucada una setmana, i la meva mare es va emocionar molt. Va dir que preguntaria als meus cosins si podia enviar-me missatges des del seu ordinador. I aquest matí m'ha trucat a primera hora, abans d'anar a l'escola. Li han dit que sí!

—Ei, me n'alegro molt.

—M'ha donat l'adreça i de seguida li he enviat el meu primer missatge per provar-ho. Em moro de ganes que em contesti! Serà gairebé com si poguéssim parlar cada dia. Sempre que vulguem. És genial. Gràcies!

—De fet, va ser idea de l'Elliot.

—Doncs és perfecte! No sé com no se m'havia acudit abans.

Vaig arronsar les espatlles. Però estava content per ella. No l'havia vist mai tan entusiasmada.

—Ei, Catalina, per què no volies parlar d'això amb l'Allison davant?

—No ho sé —va dir, clavant la forquilla a la lasanya—. L'Allison és molt maca, i les seves amigues em cauen bé. Però això és personal.

Aquella tarda, vam rebre dos missatges més.

Aquestes són algunes de les coses que m'han dit: Bacó, Porc, Truja, Sac de Patates, Llonganissa, Llardós, Panxut, Supervaca, Foca, Sumo, Cansalada, Bola de Greix, Cul Gros, Cuixotes, Bomba llefiscosa, Dirigible, Supertanc, Barril, Oli en un Llum i la Taca que es va cruspir Filadèlfia. Per la seva senzilla imbecil·litat, la meva preferida és Oinc. No és que em diguin Oinc exactament, només ho diuen quan passo. És molt madur, oi?

Creieu-me, no és fàcil ser tant físicament com mentalment més gran que la resta dels nens del teu curs. T'odien. Un cas concret: fa poc em vaig veure obligat per una força major a entrar al lavabo de nois, cosa que procuro no fer. Sempre hi ha algun cromanyó a l'aguait. Aquesta vegada dos nois de segon més aviat curts, en Nate Kroeger i en Jason Deep (que vol dir «profund», tot i que ell no ho és gens), s'estaven admirant al mirall. No sé pas què hi veien que es pogués admirar.

Vaig intentar entrar en un vàter abans que em veiessin, però, evidentment, com tots els caçadors, estaven alerta.

«Ei, Gordzilla», va dir un dels Nois de les Cavernes. «No et mengis el paper de vàter, si pot ser». Es van fer un tip de riure. Ja us ho podeu imaginar.

«Almenys no contribuiré al material de lectura de les parets», vaig dir. Ai, però això segurament està per sobre del vostre nivell de lectura.

Em va semblar que era bastant bo. Em van tancar a dins.

Sí, ho van fer ficant monedes a la porta del vàter perquè no pogués obrir-la, o això es pensaven. Llavors se'n van anar. Vaig sentir com ressonaven les seves estúpides rialles al passadís.

Però no us penseu que els va funcionar. Les vores de la porta del vàter són arrodonides, com sap qualsevol *Homo sapiens*, o sigui que no hi pots entaforar monedes d'una manera eficaç. Vaig estirar amb tanta força que la porta es va obrir, però vaig caure sobre la tassa i em vaig fer mal al coxis.

Apa nanos: la vostra brometa estúpida us va costar 38 centaus en moneda. Els vaig recollir tots, menys dos que van caure al vàter. Me'ls vaig gastar en unes postres a l'hora de dinar.

Sóc un nen i hi ha unes nenes que em segueixen de l'escola a casa per riure's de mi. Caminen darrere meu i diuen: «Vas a ca la mama, escarransit? Com és que no tens amics, escarransit?». I coses així. I riuen. Es diuen coses a cau d'orella que no sento, i després tornen a riure. La mare diu que ho fan perquè en el fons els agrado. Això em va fer sentir millor, una estona, però sé que en el fons no els agrado. No sé per què ho fan. Per què és tan important per a elles això? M'ho fan cada dia!

Bé, ja en tenim quatre —va dir l'Elliot al laboratori d'informàtica—. Hem de fer un *Revelador*.

—I el nen gras que ha donat noms?

—No és el seu nom.

—Crec que no hauríem de donar noms —vaig dir—. Ja ens han dit «rates».

—I què hauríem de fer? Canviar el que ha escrit ell? No podem fer-ho, això. O ho posem tot o res.

—D'acord, d'acord —vaig dir—. Com vulgueu.

Aquesta vegada, en lloc de distribuir-ho a Tots, vam seleccionar els cursos primer i segon, l'un darrere l'altre. Així ens vam pensar que l'enviàvem només als alumnes. *El Revelador* no era per a la senyora Capelli i els professors, i nosaltres no érem rates, al meu parer, si només ho enviàvem als alumnes.

Quan estàvem acabant, va aparèixer el senyor Dallas. Estava bastant entusiasmat, fins i tot tractant-se d'ell.

—Ei, nanos! Vaig veure la vostra e-publicació —va dir—. En penseu fer una altra?

—L'acabem de fer —vaig dir.

El senyor Dallas va fer que sí amb el cap, però després el va moure, com si tingués un debat amb si mateix.

—Mireu, m'encanta el que feu —va dir—. És un ús estimulant. Però... també us posa a vosaltres en el punt de mira.

—En el què?

Va prémer els llavis.

—Tothom n'està al corrent. No sols els alumnes. També ho vau enviar als que manen.

—Va ser una equivocació —vaig dir—. No ho tornarem a fer.

Va fer que sí.

—Això està bé, però ja esteu en el punt de mira. No dic que estigueu fent res malament. Però mireu de no...

Vam esperar.

—De no què?

—No ho sé ben bé —va dir, i va somriure i arronsar les espatlles—. Suposo que estic nerviós. Donar accés als alumnes a una LAN d'àmbit escolar és un experiment, només és una prova pilot, i ja vaig haver de barallar-me i suplicar perquè m'ho aprovessin. Els que manen no estan gaire contents amb això. El que feu demostra fins a quin punt podeu utilitzar-la els alumnes. És que... bé, suposo que espero que no us fiqueu en res que no pugueu controlar.

—Però està passant alguna cosa —va dir l'Elliot—. Nosaltres no ho controlem.

—Sí —va dir ell—. Sí! Ja me n'adono. Veig nens per tota l'escola llegint la vostra publicació. Heu posat a cent la xarxa. Que és com hauria d'estar. Ja veurem què passa. Ei! Escolteu, una altra cosa. Estic organitzant una cosa nova per al mes que ve. En direm la Fira de la Ciència Creativa. Per participar-hi, heu de crear alguna cosa que tingui un valor experimental o científic, alguna cosa que no existís abans. Que l'hagueu creat vosaltres. Ho enteneu?

—I tant! —va dir l'Elliot.

—Creieu que agradarà?

L'Elliot em va mirar.

—No ho sé —vaig dir—. Potser sí.

—Bé, en fi —va dir el senyor Dallas—, vosaltres tres feu un bon equip. Podríeu plantejar-vos de fer alguna cosa.

—D'acord. En parlarem —vaig dir, però jo pensava que ja teníem prou coses entre mans.

—Entesos —va dir entusiasmat—. Esplèndid!

Érem al passadís, afanyant-nos per no fer tard a l'última classe, quan va sortir en Burke per l'altra punta. L'Elliot tirava endavant les crosses i avançava gronxant-se. Començava a dominar-les. En passar, en Burke va avançar el peu per frenar una de les puntes de les crosses, de manera que l'altra crossa va caure davant de l'Elliot, però la bloquejada no, i l'Elliot es va decantar, es va agitar en un angle perillós i va caure a terra. Vaig intentar agafar-lo, però no vaig poder. Era a terra i les crosses van quedar esteses com dues ales. Quan vaig mirar, en Burke ja no hi era.

—Ostres —va exclamar l'Elliot. Va rodolar lentament, deixant anar les crosses—. Ho ha fet expressament, oi?

—Sí.

Va cridar:

—Ets un merdós, Burke!

Vaig fer una ganyota. Va ressonar pel passadís, gairebé buit, perquè tothom havia entrat ja a les aules.

Unes passes ràpides, tap-tap-tap, s'acostaven a nosaltres. L'Elliot s'acabava de posar dret quan la directora va girar la cantonada.

—Senyor Gekewicz. És possible que el que acabo de sentir hagi estat vostè?

L'Elliot va assentir amb el cap.

—L'han fet caure clavant un cop a la crossa —vaig dir.

La senyora Capelli no em va mirar.

—Aquest llenguatge és una falta de nivell dos, senyor Gekewicz. És totalment incorrecte, i no el toleraré a la meva escola. Aquesta tarda està castigat. Aula 202. —Es va girar, i va marxar.

—Ei, esperi's —vaig dir—. Vol dir que està bé fer caure un nen amb crosses, però no està bé enfadar-se per això?

Ella es va girar i em va mirar.

—Basem les mesures disciplinàries en les faltes que hem vist visualment o de les quals tenim proves fiables, senyor Trainor. I insistim molt en una expressió verbal correcta. I això no inclou cridar paraulotes als passadissos.

La senyora Capelli era baixeta i duia els cabells rossos curts i sempre anava molt dreta, com si intentés ser més alta. Tenia els ulls sortits, i les parpelles li pesaven, com unes cortines mig abaixades. Quan et mirava així, sempre semblava que no et cregués. Que normalment era el que passava.

—Bé —vaig dir a l'Elliot—. Suposo que veure visualment és creure.

Va somriure. La senyora Capelli es va aguantar la respiració com si tingués singlot.

—De cop, vostès dos s'han convertit en un focus de problemes —va dir—. No sé què els ha agafat, però si això és el que volen, això és el que tindran. Aula 202. Immediatament després de classe. Tots dos. Podran pensar si volen passar-hi gaire temps més —va afegir la senyora Capelli mentre s'allunyava talonejant.

Durant el càstig, l'Elliot em va passar una nota.

«No em puc creure que hagis contestat a la directora», va escriure.

Vaig contestar:

«No ho he fet. Parlava amb tu».

«Ja».

«Home, era tan estúpid. Veure visualment».

L'Elliot va escriure ràpidament.

«Aquesta és la forma de pensar que crea un Focus de Problemes!».

Li vaig aixecar el polze. El professor va mirar en la nostra direcció i nosaltres vam estudiar laboriosament les pàgines estripades del quadern.

A fora ens vam separar. Jo vaig trencar per l'aparcament i vaig anar a les Granges d'Alimentació. Ja era hora que em comprés un refresc.

Mentre era a dins tancant la porta de la nevera, amb l'ampolla a la mà, va entrar en Richie. Es va acostar al taulell.

M'hi vaig acostar i vaig posar l'ampolla al taulell, al costat del seu paquet de Winston. Tots dos vam pagar. Ell es va girar i va obrir la porta empenyent-la amb l'esquena, mirant-me i aixecant les celles. Jo em vaig guardar el refresc a la motxilla i la vaig tancar ràpidament.

A fora, en Richie va obrir el paquet de tabac.

—A veure —va dir—. Et vull fer una pregunta.

Vaig esperar. Va mirar el carrer. Es va ficar una cigarreta a la boca.

—He sentit a dir que estàs fent publicitat dels nois dolents de l'escola —va dir, encenent la cigarreta—. És el que m'han dit.

—Sí, més o menys —vaig dir—. El que em vas dir tu. Posar els calamars al seu lloc.

En Richie va fer una calada.

—Què fas exactament? —va preguntar, deixant anar el fum.

—Doncs posem les històries dels alumnes a School-Stream.

—A on?

—A KidNet.

—Ah, sí. I quines històries són?

—Sobretot de nens que els martiritzen. I coses.

—I coses —va dir, gesticulant amb el cigarret—. I jo què? —va preguntar.

—Eh?

—Eh? Eh? Ets estúpid o què? Què has dit de mi?

Vaig arronsar les espatlles.

—Res.

—Això m'han dit —va dir—. Res. I què et penses que fas?

—Què?

Va decantar el cap.

—Eh? Què? Mira, xaval, no ets retardat, però t'ho diré bé i a poc a poc. Et poses a explicar a tota l'escola coses dels alumnes dolents, quina por... els nens perversos, i no dius res de mi? Res?

Vaig pestanyejar.

—Vols que diguem coses de tu?

Va arronsar les espatlles, somrient una mica.

—Doncs, a veure: qui és la persona més temuda de l'escola?

—Suposo que tu.

—Suposes. Suposes. Estaves mig mort de por.

—Home...

—Ho estaves. I per què no ho poses al teu KidNet, doncs? —va fer una xuclada, va encreuar els braços i es va esperar.

Vaig recordar el que havia dit l'Elliot. Potser sí.

—Em vas dir que et podia fer preguntes.

—Sí.

—I si te'n faig?

—Si fas què?

—Que podria fer-te preguntes, com ara per què espantes els nens? Ho dic seriosament. Com ho fas?

En Richie va fer que sí, amb un mig somriure.

—No és una mala pregunta.

—I el que diguis, vull dir les teves respostes, podria

posar-les a la xarxa? Com un perfil. Tu ets bo en aquestes coses.

—El millor.

—I tant. Ho faràs, doncs?

Va arronsar les espatlles.

—D'acord. Però cap pregunta que no m'agradi.

—Cap pregunta que no t'agradi? Quines preguntes no t'agradaran?

En Richie va somriure.

—Potser ho descobriràs.

—Ah. Genial.

—Demà —va dir. Va llençar la cigarreta i la va aixafar amb el taló de la bota.— A l'hora d'activitats. A la sala de la caldera.

—A la sala de la caldera?

Es va posar a caminar. Ja havia passat els sortidors de gasolina.

—No em fallis —va dir, sense girar-se.

—D'acord —vaig xiuxiuejar. El vaig observar una estona i després vaig obrir la motxilla per agafar el refresc.

Em tremolaven les mans.

Quan la mare va arribar a casa va dir:

—Com t'ha anat el dia?

—Força interessant.

Aquella nit vaig rebre un missatge de l'Elliot.

Has llegit al diari que han descobert un fòssil de dinosaure petit amb plomes? És una passada! L'han trobat a la Xina. És com un petit dinosaure ràpid però amb plomes a tot el cos. Això demostra finalment que els petits dinosaures ràpids van evolucionar en ocells.

Crec que hauríem de tenir un eslògan al *Revelador*: «L'evolució existeix».

Francament, no tenia ni idea de com es relacionava una cosa amb l'altra. Però l'Elliot tenia una manera pròpia de veure les coses.

Sonatòlegs

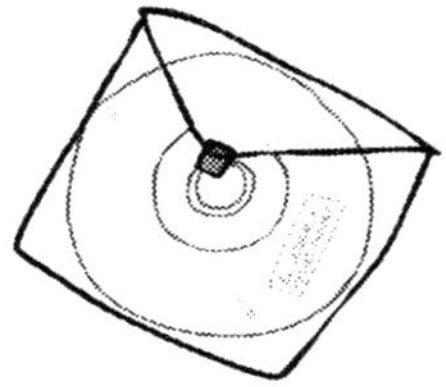

La Catalina va rebre la resposta per correu electrònic de la seva mare. Em va trucar a la nit per dir-m'ho. Estava molt contenta. Li vaig preguntar per allò del Gat i les Rates. Em va dir que tant li feia.

—Ens vol fer passar per l'adreçador —vaig dir.

—Qui?

—La Bethany. No creus que ha estat ella?

—Oh, suposo que sí. Segurament.

—Segur. Vol que els altres ens vegin com uns xerraires, o uns desgraciats, perquè no ens facin cas. Estic convençut que el que més ràbia li fa és que ens facin cas.

—Però vols dir que això té tanta importància? Vull dir que la setmana que ve la gent ja parlarà d'una altra cosa.

—Però la Bethany et continuarà odiant.

La Catalina va callar un segon.

—Abans em pensava que era perquè jo feia alguna cosa malament, que per això es comportava així —va dir—. Ara penso que una persona com ella senzillament necessita fer la guitza a algú. Necessita enemics. Però i què? El món no es redueix a l'Escola Parkland.

—Alguns pensen que sí.

—Doncs no és així.

—Sí. —I després li vaig parlar d'en Richie, i de la sala de la caldera.

—Diu que no li puc fer cap pregunta que no li agradi.

—I quines són les preguntes que no li agraden?

—No ho sé! Què hauria de fer?

Ella va fer una rialleta.

—Ostres, no ho sé. Pregunta-li coses sobre la seva vida. Pels seus amics.

—Juraria que en Richie Tucker no en té, d'amics.

—A veure, què voldries saber-ne, tu?

—Jo voldria saber què li passa. Per què aterreix persones? Per què es fa una cosa així?

Un altre silenci.

—Aquesta no crec que sigui la millor manera de començar —va dir la Catalina.

—Ja ho sé. Sóc home mort.

—No, no pensis així. El meu pare treballa en vendes i màrqueting. Diu que es pot parlar amb tothom, però que has de trobar alguna cosa que tingueu en comú.

—Alguna cosa en comú? Jo i en Richie?

—Sí. Per què no? Hi ha d'haver alguna cosa.

—La castanya que em va clavar és el que tenim en comú.

—Ho veus? —Es va posar a riure, i després va parar.— Seriosament. Hi ha d'haver alguna cosa. Alguna cosa a més d'això.

—No ho sé. Potser la trobaré. Si sobrevisc.

Aquell dia havíem de presentar un treball d'estudis socials, un esborrany d'una redacció personal sobre el tema: *Com penso que era realment l'Anna Frank com a persona*. A la classe, la senyoreta Hogeboom ens va posar per parelles perquè parléssim dels esborranys. Em va tocar la Bethany DeMere.

Estava indignada. Després que ajuntéssim els pupitres —de fet, jo vaig acostar el meu al seu, però ella va apartar el seu perquè estigués separat del meu—, quan va seure, va mirar una de les seves amigues i va aixecar els ulls al sostre i va gronxar la cabellera. Tenia els llavis ben premuts.

Em va agradar. Feia dues setmanes la Bethany no sabia que jo existia. Ara es veia que sí.

Mentre jo llegia el seu esborrany, ella va mirar el sostre, va sospirar i va picar amb els dits al pupitre.

> Em sap molt de greu però crec que l'Anna Frank era una persona molt empipadora. Es pensava que era més llesta que ningú en aquell Annex, i es pensava que atreia tots els nois quan encara anava a l'escola, tot i que a les fotos té els cabells foscos sense gràcia i sembla molt vulgar, al meu parer. Però el més important és que es pensava que estava per sobre de tothom.

> Escrivia sobre la crueltat dels nazis, que tothom sap que és veritat, però també criticava els que vivien amb ella, dient que eren antipàtics i curts de mires. Jo penso com tothom que els nazis eren horribles. Però per què això fa que l'Anna Frank sigui tan meravellosa? Només perquè ho escrivís tot d'ella mateixa i de la seva gran sensibilitat? No crec que l'Anna Frank tingués una personalitat atractiva. Potser pensareu que sóc horrible per pensar així. Però és el que penso.

Vaig respirar fondo. No passava cada dia que una persona pogués comentar els pensaments més profunds de la Bethany DeMere. Em bategava el cor una mica de pressa, però també estava mentalitzat.

—Bé... és interessant —vaig dir.

La Bethany va sospirar. Sense mirar-me, va aixecar una mà, amb el palmell enfora, com dient: «No m'atabalis, bacallà».

Però jo no havia acabat.

—Com és que dius que el més empipador de l'Anna era que fos... a veure... «es pensava que estava per sobre de tothom»? La veritat, Bethany, és que la que es comporta així ets tu.

—Com dius?

—Vinga. Ho sap tothom. Sempre has de ser la primera, i si algú et passa al davant, l'hi fas pagar.

Va apartar la mirada.

—Ja saps de què parlo —vaig dir.

Em va mirar ràpidament. Vaig somriure. Va encreuar els braços i va mirar el sostre.

—Figura que hem de debatre —va dir—. No he de parlar de res més que d'això.

—D'acord. Si haguessis estat en aquelles golfes amb l'Anna, i aquell noi li hagués fet més cas que a tu, com hauries actuat?

La cara de la Bethany es va encendre.

—Senyoreta Hogeboom —va cridar.

—Bethany? Russell? Esteu debatent?

—Sí —vaig dir.

—No —va dir la Bethany.

—Doncs, insistiu.

La Bethany va somriure amb menyspreu.

—No hi ha dret —em va dir rabiosa—. Ets un pringat que de cop es pensa que és algú. Tu i els teus amics. Però això no et dóna dret a dir coses desagradables sobre mi ni sobre ningú.

Semblava realment dolguda.

—Ah —vaig dir—. I a tu què et dóna el dret a fer-ho?

Va moure el cap.

—Si no penses parlar del meu esborrany, tant se me'n dóna el que passi, perquè no penso parlar amb tu.

—Molt bé —vaig tornar a mirar el paper—. Aquí dius que l'Anna «escrivia sobre si mateixa i la seva gran sensibilitat».

La Bethany em va mirar insegura.

—I què?

—Que si creus que està mal fet que algú escrigui la veritat de com és realment? Creus que està malament que les altres persones ho llegeixin?

La Bethany es va posar molt vermella. Va agafar el seu quadern, el va obrir i va escriure furiosament. Va arrencar la pàgina i me la va deixar sobre el pupitre.

«No penso parlar més amb tu», deia el paper. «Tant me fa el que passi».

—D'acord —vaig dir. Vaig doblegar el paper i me'l vaig guardar a la butxaca. Després em vaig abocar i vaig xiuxiuejar:— Però això no s'ha acabat.

Em va mirar traient foc pels queixals.

—Ja et juro jo que no —va contestar.

A la cua del menjador, l'Elliot tenia la safata en una mà mentre aguantava amb l'altra les dues crosses juntes. El vaig atrapar a la caixa.

—Ei —vaig dir—. Ja et porto la safata.

—No. Avui no.

—Per què?

—Té —va dir, passant-me una crossa—. Agafa'm això.

—Per què?

Però ell es va inclinar i va furgar el cartró de llet fins que el va obrir. Després va marxar, lliscant cap a les taules, i aguantant la safata per una de les vores. El vaig seguir.

Passant entre les taules del centre, l'Elliot va anar a parar on en Burke i en Blanchette seien l'un al costat de l'altre. En Blanchette va aixecar el cap i va iniciar el seu gran somriure burleta quan l'Elliot va ensopegar i la safata se li va decantar endavant i la llet va sortir disparada. Tot el menjar va anar a parar sobre en Burke.

En Blanchette encara va somriure més.

—Apa, Cretikewicz! —va exclamar.

En Burke es va posar dret. Tenia llet, espaguetis i púding a la camisa i als pantalons. La cara se li estava tornant vermella, molt vermella.

—Idiota merdós, et juro que me les pagaràs.

—Ostres, ha estat un accident —va dir l'Elliot—. Que no veus que no puc caminar? He d'anar amb crosses. No paro de tenir accidents. —Es va girar i va maniobrar experimentadament cap a mi. Tenia una expressió de plaer absolut. Li vaig donar la crossa.

—Excel·lent, el menú d'avui —va dir.

—Et mataran.

Va arronsar les espatlles.

—Això ja ho han provat.

El Revelador de Darkland

El nen que m'empaita ha escopit al meu menjar al menjador, m'ha entaforat en un contenidor d'escombraries del lavabo, m'ha robat la roba del vestidor, m'ha tirat boles de neu al pati i m'ha llançat la motxilla per la finestra de l'autobús. No vull tornar a aquesta escola mai més. Cada dia penso que no hi vull tornar. Tinc mal de ventre i mal de cap. Però hi he d'anar igualment.

El pitjor és que el nen sempre se'n surt. Quan l'enxampen explica qualsevol mentida. L'altre dia anava a la dutxa del vestidor per tirar-hi la meva roba i el va parar el profe de gimnàstica. Ell va dir que era la seva roba i només buscava un lloc per canviar-se en privat, perquè els altres nens es ficaven amb ell. Fins i tot es va posar a plorar. El profe se'l va creure. Els professors sempre se'l creuen. Sé que sempre se'n sortirà, i ell també ho sap. Per això sap que pot fer el que li doni la gana. I jo també ho sé.

L'any passat hi havia una nena que ho feia tot malament. Portava una roba espantosa, com samarretes de Disney, que a sobre estaven brutes, i sabates de pell, i deia coses ridícules només perquè volia quedar bé. Ho feia tot al revés, com els passa a alguns nens, vosaltres ja m'enteneu. O sigui que de seguida una colla de nenes es van posar a martiritzar-la.

Al pati, quan la nena sortia, el grup s'assegurava que ningú fes res amb ella, i que estigués sempre sola. Després això les va avorrir i van començar a dir coses, com que la noia vivia en una caravana (no sé si era veritat) i que tenia la roba plena de pèls de gat i que era estúpida. Després es van afegir altres nens a burlar-se de la nena. Jo també m'hi vaig afegir.

Una vegada érem tot un grup burlant-nos d'ella i dient-li que es vestia amb roba vella de l'Exèrcit de Salvació i que dormia amb gats i coses així (i jo també ho feia) quan la nena va agafar una pedra i la va llançar. Va encertar el cap d'una de les líders del grup que havia començat, i li va caure sang per la cara. Tothom va córrer. La nena que havia llançat la pedra plorava, igual que la nena que havia rebut, que va entrar a l'escola corrent. Li van haver de posar punts i la nena que va llançar la pedra va ser expulsada tres dies i va haver d'anar a un conseller. El dia que va tornar al pati totes les nenes la van encerclar i van dir que hauria d'estar en una cova i que estava sonada i que l'hauria de veure un sonatòleg. Jo també era del grup. Em vaig sentir molt malament perquè sabia què havia passat realment. Però no vaig dir-ho a ningú i tampoc ho vaig aturar.

Hauríeu de parlar més del que fan les nenes. Poden ser molt dolentes. Jo ho sé, perquè sóc una nena, i això és el que vaig a fer una altra.

L'any passat, quan feia primer, aquella nena era nova i a mi no em queia bé. No volia que fes amics. Al començament només vaig dir a la gent que no tenia amigues i era rara. Però jo sabia que acabaria fent amics un dia o altre. O sigui que em vaig fer amiga seva. Em vaig comportar com si fos una bona amiga seva. Vaig dir a la seva família que volia ser amiga seva, i que ella havia de fer una festa a casa i que hi aniria tothom. Es va emocionar molt i vam preparar les invitacions juntes. Ella les va enviar a unes quantes nenes. Després vaig anar a veure les nenes i els vaig dir que era una broma, i que no anessin a la festa. O sigui que, el dia de la festa, jo sabia que la nena estava molt contenta i havia llogat pel·lícules i havia preparat menjar i coses perquè m'ho havia explicat. I no s'hi va presentar absolutament ningú. Ni una sola persona. Jo tampoc.

La nena no va tornar mai a la nostra escola. Vaig sentir a dir que anava a una escola privada. Sé que vaig fer una cosa horrorosa, però en aquell moment tant se me'n donava. Ara m'importa. Tant de bo no ho hagués fet. Em sento molt malament per allò. He llegit aquestes històries i hi he pensat molt.

Només volia que la gent sabés que les nenes poden ser pitjors. Però de vegades hem de pensar en les coses que fem.

La sala de la caldera

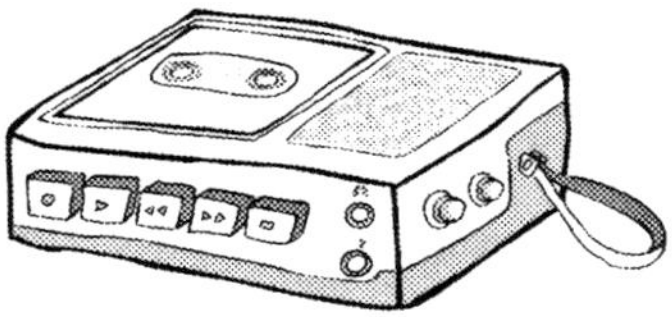

Vaig rumiar com podia gravar el que en Richie em digués, i així tindria les seves paraules exactes. No volia prendre apunts. Finalment vaig decidir que, si em deixava, utilitzaria una gravadora.

La meva mare en tenia una. Era una vella enregistradora de cassets. Li vaig dir que la necessitava per a un treball de l'escola, que era bastant veritat. (Era un treball, i es faria a l'escola.) Aquella nit vaig anar al drugstore i vaig comprar piles noves i una cinta de seixanta minuts.

—Una gravadora? —va dir l'Elliot l'endemà, pujant les escales amb les crosses darrere meu.

Jo duia l'aparell penjat d'una mà.

—Sí. Vull tenir enregistrat el que diu exactament.

—Ja —va dir l'Elliot—. I què? Estàs nerviós?

—Sí —vaig tenir una esgarrifança.

—Què li preguntaràs?

—No en tinc ni idea.

Es va parar per mirar-me.

—Tens una gravadora, però no tens preguntes?

—Vols fer el favor de callar? No m'ajudes gaire.

Va arronsar les espatlles.

—Com vulguis. On heu quedat?

—A la sala de la caldera.

—A la sala de la caldera?

—Ara sí que estic tranquil.

—Està permès d'entrar-hi? No hi he estat mai. I tu?

—No. Però estem parlant d'en Richie.

L'Elliot va fer que sí amb el cap.

—Bé, em sembla fantàstic que tinguis coses per al *Revelador*. Una cosa realment diferent. Potser... «DINS DEL CAP D'UN DEPREDADOR».

—Sí. Potser sí.

—O què et sembla: «LES ÚLTIMES PARAULES D'EN RUSSEL TRAINOR»? Sort que estarà gravat!

—Elliot.

—Hi podria afegir un homenatge personal. «Era el meu amic. Era valent. No era intel·ligent, però era valent».

—Elliot, callaràs o què?

Es va parar de cop, saltant una mica, repenjat en les crosses.

—Perdona, eh? Era broma.

—Doncs no té gràcia.

—Ja —va pensar un moment—. Saps què? És com si fossis una mica detectiu. Un investigador. És el que volíem fer: resoldre un misteri.

—Sí.

—És clar que els misteris gairebé sempre inclouen assassinats.

—Elliot...

La senyora Capelli estava davant del seu despatx.

—Senyor Gekewicz —va dir, avançant-se en veure'ns.

—Hola, senyora Capelli.

La directora va encreuar els braços.

—Tinc entès que ahir va abocar el dinar sobre un company de classe.

—És veritat. Va ser un accident.

—Sí, n'estic segura. Però, curiosament, un membre del professorat que va ser testimoni de l'incident m'ha explicat que semblava complagut. —El va mirar per sobre d'aquelles parpelles tan feixugues.— Senyor Gekewicz, hi ha cap possibilitat que l'alumne que va rebre el seu abocament accidental sigui el mateix que li va fer caure les crosses dilluns?

L'Elliot va arronsar les espatlles.

—Això seria una coincidència increïble.

La directora va empetitir els ulls.

—Sí que ho seria, oi?

No ho vaig poder evitar.

—Però, senyora Capelli —vaig dir—, no ens va creure quan li vam explicar el que havia passat. Com és que ens creu ara?

Em va mirar.

—Senyor Trainor, s'ho va passar bé castigat dilluns?

—Doncs, miri, almenys em sentia segur.

Va tirar el cap enrere. Estava desconcertada. Llavors va rumiar.

—Vostès dos han enviat un altre... recull de les seves històries?

—Doncs, sí —va dir l'Elliot—. Ho hem fet.

—Ah, sí? I com és que jo no les he vist?

—És que només ho hem enviat als alumnes.

No semblava contenta.

—No estic segura que això m'agradi —va dir—. No estic segura que tot això m'agradi. Vostès dos abans eren tranquils. Tot d'un plegat... —Va moure el cap.— No hi ha motiu per ser temeraris —va dir.

—No pretenem ser temeraris, senyora Capelli —vaig dir.

—Només voldria saber què passa —es va girar i va talonejar cap al seu despatx.

Ja havíem arribat a l'armariet de l'Elliot quan va arribar la Leah Sternberg. És la noia amb ganes d'ajudar, que participa en el Consell d'Estudiants i en el que faci falta.

—Us volia dir que m'encanta el que esteu fent, nois —va dir.

—Ah, sí?

—Ja ho crec.

—Per què? —va dir l'Elliot.

La Leah va arrugar el front.

—Doncs perquè molts nens no sabien el que passava. Jo mateixa. Crec que això farà que les coses canviïn.

—De debò? —va exclamar l'Elliot—. Com?

Ella va encreuar els braços, com la senyora Capelli.

—Home, aquesta és la nostra escola. Si les persones ja no poden fer coses horribles en secret, és probable que no les tornin a fer.

—Però moltes persones no fan les coses en secret —vaig dir—. Les fan davant del nas de tothom.

—Però esteu canviant l'ambient. El que vull dir és que els alumnes de secundària no faran aquestes coses si no està ben vist fer-les. Oi?

—Això és veritat —va dir l'Elliot.

—Per això ho heu de continuar fent.

—Entesos —vaig dir, impressionat—. Gràcies.

L'Elliot va observar la Leah allunyant-se ràpidament.

—Uau —va dir—. Potser estem fent alguna cosa. La gent ens tracta diferent, això és evident.

—Sí. Es fa una mica estrany.

—Què és estrany? —va dir la Catalina, apareixent. Duia un disc d'ordinador a la mà.

—Sentir-se com si fossis algú —va dir l'Elliot.

—Tothom és algú —va dir ella.

—Normalment no —vaig fer—. Com està la teva mare?

—Ho fa molt bé —La Catalina va fer un gran somriure.— Anit vaig rebre tres missatges seus. Res d'especial, només explicant què havia fet. Ei, algú m'ha enganxat això a l'armariet —va aixecar el disc.

—Qui? —va preguntar l'Elliot.

—No ho sé. Estava enganxat amb cinta.

—Deu ser una altra història —vaig dir—. La podem incloure al pròxim número.

—Hauríem de quedar —va dir l'Elliot—. Podria ser que tingués més històries al meu correu.

—Jo no puc quedar a l'hora d'activitats —vaig dir—. Us va bé després de classe?

—Al laboratori d'informàtica.

—D'acord.

—No tindré gaire temps —va dir la Catalina—. He d'assajar. —Va aixecar la funda del saxo.

L'Elliot va fer una ganyota.

—No t'hi amoïnis —va dir—. Fugirem molt de pressa.

Ella li va donar un copet amb l'instrument. Ell el va esquivar hàbilment amb les crosses.

Hora d'activitats.

La sala de la caldera.

Ai, la mare.

Havia signat al laboratori d'informàtica, m'havia escapolit i havia baixat al soterrani. Vaig obrir lentament aquella porta gruixuda, només una mica, per treure el nas. A baix feia molt fred, però l'escalfor de la sala de la caldera em va impactar a la cara. Feia olor de calent. De molt endins, venia un so bategant i sord. Vaig respirar fondo i vaig entrar.

Em vaig situar sobre una plataforma de metall amb barana. A sota meu, a la sala, hi havia la caldera: una gran caixa verda de metall. Grossa, quadrada, amb canonades que pujaven paret amunt i omplien tot el sostre. Sens dubte folrades d'amiant. Vaig pensar que segurament m'agafaria càncer... si vivia prou temps.

Les parets grises de ciment tenien taques blanquinoses i filtracions que baixaven. Hi havia una taula de fusta atrotinada contra la paret, plena de caixes de cartró amb coses pràctiques. Al costat de la taula hi havia una cadira vella de fusta i a la paret un calendari amb una foto descolorida d'una noia amb una constitució imponent, amb un biquini vermell i una clau anglesa gegant a la mà. Uau!

La porta es va obrir darrere meu amb un grinyol. Va entrar en Richie.

Va tancar la porta i em va ignorar mentre baixava l'escala d'espiral de metall. Va agafar la cadira vella i va seure. Em va mirar i va arquejar les celles.

Quan vaig començar a baixar l'escala va veure el que duia a la mà.

—Què coi és, això?

—És una gravadora.

—Ja sé què és. Per què coi la vols?

Vaig començar a tremolar. Però em vaig dir: «Au! Baixa l'escala. Ja hi ets. Tira».

Vaig tirar. Quan vaig arribar a la taula, vaig deixar la gravadora a sobre.

—Mira... així, he pensat que tindria més clar el que dius. No voldria entendre't malament. D'acord?

Va arronsar les espatlles.

—D'acord. Suposo. Però si una cosa no m'agrada, l'apagaré.

—Feeet.

Em vaig quedar dret, perquè no tenia cadira. En Richie va fer un cop de cap en direcció a una pila que omplia l'espai tèrbol rere l'escala d'espiral, sota la plataforma de metall: cadires i pupitres vells tirats de qualsevol manera. En una de les cadires de davant hi havia enganxat un rètol de paper que deia: «CADIRA TRENCADA. NO HI SEIEU.»

Vaig agafar una altra cadira, la vaig acostar a la taula i vaig seure, per poder arribar a les tecles de la gravadora, però ser al més lluny possible d'en Richie.

Vaig aguantar els dits sobre les tecles d'Engegar i Gravar, que s'havien de prémer alhora per poder gravar. Vaig dir:

—Som-hi?

En Richie va arronsar les espatlles. Vaig prémer les tecles i la cinta va començar a girar.

Encara no sabia què preguntar. Ell mirava amunt, al calendari.

—Com és que podem entrar aquí? —vaig deixar anar finalment.

Va fer una rialleta.

—Quina pregunta!

—No ho sé, és que em pensava que els alumnes no...

—Que et penses que no tinc amics? Et penses que no conec ningú?

—No, bé, no ho sé.

—Escolta, penses fer preguntes estúpides? Perquè jo no tinc temps per contestar preguntes estúpides.

—D'acord. Em vas dir: «El que és just és just». Oi?

—Sí...

—Aleshores, per què empipes nens més petits? Més petits que tu.

Va arronsar les espatlles.

—El món és així, xaval. Si no t'agrada... —va tancar el puny lentament—. Et puc ajudar a sortir-ne.

—Per l'amor de Déu, Richie. Per què dius aquestes coses?

Va somriure.

—Aquestes coses?

—No ho sé. Com si fossis aquell pare que volia endur-se el seu fill segrestat a Mèxic o jo què sé.

El somriure va desaparèixer.

—Retira-ho —va dir en veu més alta. Es va aixecar a mitges.

—Que ho retiris!

—És...

Ja el tenia enganxat a la cara.

—Que ho retiris!

—D'acord, Richie. D'acord. Ho sento.

—No és veritat.

—D'acord. Et crec.

En Richie va mirar al seu voltant nerviós. Després es va calmar. Va seure. Va mirar per sobre meu i no va dir res.

Jo feia esforços per pensar. Recordava el que havia dit la Catalina de trobar alguna cosa en comú. O sigui que vaig dir:

—No tinc pare. Va morir quan jo era un nadó. Suposo que no sé...

—Que et donin pel sac.

—Què?

—Que et donin pel sac, d'acord? Tant se me'n fum el que tinguis i el que no tinguis. Això no ha de tractar de tuuu —va dir fent cara de ploramiques, imitant-me.

—Realment, t'ho creus molt —vaig dir.

—Què?

No sé què em va agafar, però vaig dir:

—Et penses que pots anar turmentant els altres i que això et fa ser genial. És l'únic que saps fer, fer por? És això?

—Aquesta és una altra pregunta estúpida?

—D'acord, per què? De veritat que ho vull saber. Per què?

Se'm va enganxar a la cara.

—Ara trepitges un gel molt fi, xaval, per si no ho sabies. Un gel molt prim. T'ho juro: provoca'm una mica més i t'asseguro que et clavaré una lliçó que no oblidaràs mai.

—Parles com un xulopiscines! —vaig esclatar—. Només és això?

Silenci total.

Ai, la mare.

Llavors va explotar.

—Calla! Que callis, et dic! Que callis! —se'm va posar dret al davant, tremolant, i feia una cara molt rara. La mà de pegar se li va tancar en un puny, després es va desfer, i es va tornar a tancar.

Els ulls d'en Richie anaven amunt i avall i van acabar posant-se sobre la gravadora. Es va inclinar i la va agafar pel mànec, la va aixecar i la va aguantar amb les dues mans. La seva cara estava immòbil i furiosa.

—No —vaig dir sense alè—. No, per favor. És de la meva mare.

La va gronxar i la va estavellar contra el peu de l'escala d'espiral. Amb un «clonc» l'aparell es va fer miques i els trossets van sortir volant, uns van picar contra la paret i d'altres contra la pila de cadires.

En Richie es va quedar dret, mirant la foscor. Del mànec que encara tenia a la mà, en penjaven cables i restes de carcassa.

Ho va deixar caure tot i va picar contra terra. Sense mirar enrere, va pujar l'escala d'espiral.

—Ho sento, Richie —vaig dir—. Ho sento.

A dalt de tot, es va girar i em va mirar, i per un segon em va semblar espantosament trist. Després va prémer els llavis i va sacsejar el cap amb fúria.

—Et vaig dir que no fessis preguntes estúpides —va dir amb la veu de bèstia.

—Ho sento —No em referia a les preguntes.

Em va mirar des de dalt.

—No pots explicar això a ningú —va dir.

—Ja ho sé.

—Mai. No pots.

—No ho faré. Mai.

Va mirar a terra. Després es va refer.

—Recull tot això o te les carregaràs —va dir—. T'aviso.

Es va girar, va obrir la porta i va marxar.

—No tinc res —vaig dir a l'Elliot al laboratori d'informàtica.

—Per què no?

Vaig arronsar les espatlles.

—No m'ha dit gran cosa.

—No tens res gravat?

Vaig negar amb el cap.

—La gravadora no funcionava.

—Oh. No l'havies provada?

—Sí. Abans funcionava.

—Ah. És vella, eh?

—Sí. Està feta pols.

—Ja —semblava distret, com si pensés en una altra cosa.

—Aquí hi ha una cosa —va dir la Catalina des d'un ordinador.

Em fa por explicar aquesta història però vull dir la veritat. No m'agrada el que m'han fet fer. No està bé. Per favor, ajudeu-me a explicar aquesta història.

Sóc una alumna de primer, i volia estar amb el grup de les més sol·licitades. Això volia dir que m'havia d'acceptar la Bethany DeMere.

—Què és això? —va dir l'Elliot.

Tots els de primer coneixen la Bethany D. Tothom diria que és la més admirada i més influent del nostre curs. Si vols pertànyer al seu grup, vol dir que ella t'ha d'acceptar. Jo ho volia tant que vaig dir que faria el que em demanés.

Em costa molt escriure això... em fa molta vergonya. Potser si ho traieu al vostre *Revelador* i se sap la veritat em sentiré millor. Això espero.

La Bethany va dir que si volia pertànyer al seu grup hauria d'escriure el seu treball. Per a estudis socials. Jo no ho volia fer, però vaig dir que ho faria. Em vaig sentir molt malament tota l'estona, però ho vaig fer. Vaig escriure un treball per a ella sobre l'Anna Frank. Vaig escriure que l'Anna Frank era en realitat una persona empipadora, i no tenia una personalitat gaire atractiva. Em vaig sentir fatal escrivint allò, perquè l'Anna Frank és el meu ídol! Però la Bethany em va dir el que havia d'escriure.

Potser pensareu que va valer la pena perquè el seu grup és el més enrotllat del curs. Però jo em sento fatal pel que vaig fer. No sóc prou valenta per dir-ho. Espero que ho poseu al vostre *Revelador* i que expliqueu la veritat.

—Uau —va dir l'Elliot.

Jo m'havia quedat encantat mirant la pantalla.

—És veritat —vaig dir.

—Ah sí?

—Sí. Jo vaig llegir aquell treball. Ens van posar junts al debat, te'n recordes? El vaig llegir. És exactament el que deia.

La Catalina encara s'ho mirava.

—No ho sé —va dir—. Posa el nom de la Bethany.

—I què? —vaig dir—. Ja ho hem fet.

—Ah, sí?

—Sí. Amb aquella història del nen al lavabo. Te'n recordes? Donava noms, i ningú no va dir res.

—Però... no ho sé —va dir ella—. Em fa mala espina.

—Catalina, és la teva turmentadora personal —va dir l'Elliot.

—Però si això sortís a la llum, gairebé em faria pena. És que això és fer trampa.

—Sí, i ho va fer ella —vaig dir—. Mira, no tindrem mai una oportunitat millor de fer baixar els fums a la Bethany. I ningú es mereix tant que li baixin els fums com la Bethany! —Jo encara estava trasbalsat. Però allò ho tenia molt clar.

—Traguem el nom —va dir la Catalina—. Igualment sabran de qui es tracta.

—Però aquesta noia ho ha escrit així. Vol que expliquem la veritat —vaig assenyalar el missatge—. Ho veus? Ho diu ella mateixa. Jo no crec que haguem de començar a canviar el que escriu la gent. Ja n'hem parlat abans. O ho enviem tot sencer o no ho enviem.

La Catalina va arronsar les espatlles.

—Molt bé —va dir—. Esperem que arribin més històries?

—A la porra —va dir l'Elliot—. Enviem-ho ja.

Ella va fer que sí i a dalt del missatge va escriure *El Revelador*.

—No posem més «Darkland». És una mica massa —va dir.

—D'acord —vaig dir—. Com vulguis.

—Ensenyeu-me com es fa una altra vegada. Anem a Enviar...

L'Elliot es va inclinar.

—Distribuir. Aquí. Aguanta el ratolí. Ara selecciona Cursos sisè... primer... segon. Ja està. Ara prem Enviar.

La Catalina es va tirar enrere. La finestreta d'Enviant va aparèixer a la pantalla, i després va desaparèixer.

—És increïble que veiessis aquell treball, i així puguem saber que és veritat —va dir l'Elliot quan sortíem del laboratori.

—Sí —vaig dir—. Bon cop, princesa.

El despatx

Dos dies després ens van fer sortir de l'aula de classe. A tots tres. Va arribar una nota que deia que ens presentéssim al despatx de la senyora Capelli.

Al passadís, la Catalina tenia els ulls alerta i estava en silenci. L'Elliot va xiuxiuejar:

—Què passa?

Vaig moure el cap. Vaig pensar que potser era per haver entrat a la sala de la caldera. Però no, perquè només m'haurien cridat a mi.

Vam baixar a poc a poc pel passadís. De les aules sortien els murmuris habituals. Vaig desitjar ser en una de les aules, com sempre.

Al despatx, la secretària asseguda darrere el taulell va aixecar el cap en direcció a la porta tancada de la senyora Capelli. Al vidre esmerilat es llegia: «DIRECTORA».

—Ja us esperen —va dir.

L'Elliot va pronunciar en silenci:

—Esperen?

La Catalina em va empènyer cap endavant.

Vaig girar el pom i la porta es va obrir. A dins, la senyora Capelli seia tota tibada a la seva taula. El senyor Dallas, amb la cara vermella, es bellugava al seu seient. I hi havia un home amb vestit i corbata.

L'home estava assegut en una cadira, i tenia un maletí a la falda. Tenia els cabells clars i un bigoti també clar. Em semblava haver-lo vist abans i llavors me'n vaig recordar. Era el pare de la Bethany.

Em vaig parar al llindar i la Catalina i l'Elliot van ensopegar amb mi.

—És al lloc correcte, senyor Trainor —va dir la senyora Capelli. Va indicar amb el cap tres cadires plegables buides, col·locades l'una al costat de l'altra.

Vam seure.

—Ja coneixen el senyor Dallas —va dir. Ell ens va saludar amb un cop de cap. Sense gens d'entusiasme.

—I aquest és el senyor DeMere. La seva filla, la Bethany DeMere, va a la seva classe, ja ho saben.

El pare de la Bethany va fer una salutació amb el cap en direcció a nosaltres.

—El senyor DeMere és advocat.

—Sí? —va preguntar l'Elliot.

—Sí —va dir el senyor Capelli—. Advocat.

El senyor DeMere mirava per sobre nostre, com si no valguéssim la pena de ser vistos. Igual com feia l'encantadora Bethany.

La senyora Capelli va unir les mans i es va tirar endavant.

—Els agradaria explicar-nos per què creuen que el senyor DeMere és aquí? —Només la vam mirar.

—Molt bé, potser el senyor DeMere ens ho explicarà. Senyor DeMere?

L'home va obrir el maletí. Va treure un paper. El va subjectar per la part de dalt amb els polzes i els dits índexs només, com si li resultés odiós. Es va girar cap a nosaltres i ens el va allargar. Vaig veure que deia *El Revelador*. Em va agafar una vermellor que em va anar de les galtes al pit i als braços.

—Fa dos dies —va dir el senyor DeMere—, vosaltres tres vau enviar aquesta... anècdota sobre la meva filla a tot l'alumnat d'aquesta escola?

La senyora Capelli va mirar furiosament l'Elliot. Ell va fer que sí amb el cap.

—Quin va ser l'origen d'aquesta anècdota? —va preguntar el senyor DeMere.

—No ho sabem —vaig dir.

—No ho sabeu.

—Doncs, no. Era anònim.

—D'on la vau treure?

—Algú la va deixar a l'armari de la Catalina.

—La vas escriure tu? —em va preguntar.

—No. Ja l'hi he dit. Era en un disc, enganxat amb cinta al seu armariet.

—Sabeu qui ho ha escrit?

—No. Era anònim.

—Sabeu que és fals? Sabeu que es tracta d'un libel?

Ens va mirar un per un. La Catalina seia com una estàtua de cera.

—Una de les seves amigues ho va escriure —va dir ràpidament l'Elliot—. No volia posar el seu nom perquè llavors l'expulsarien del grup.

—Com ho sabeu?

—Home... és el que va escriure.

—És el que va escriure —va dir lentament el senyor DeMere—. Evidentment tothom pot escriure el que vulgui. Oi? —Com que no vam contestar, va respirar fondo.— És una història molt agafada pels pèls... això de dir que aquí hi ha una mena de màfia de nenes. Simplement vau donar per descomptat que era cert. Algun de vosaltres va fer alguna cosa per comprovar si ho era? —No vam contestar. El senyor DeMere es va aclarir la gola.

—O sigui que sense comprovar-ho vau divulgar a tota l'escola una història que acusa la meva filla, una alumna de matrícula des de quart, de fer trampes sistemàticament. Teniu idea de la gravetat d'aquesta acusació? —Ens va mirar directament.— Si això fos cert, la podrien expulsar o encara pitjor —va dir—. Això constaria permanentment al seu expedient —va bellugar el cap—. Sabeu fins a quin punt la podria afectar això en la vida?

Podia sentir el tic-tac d'un rellotge.

—Com sap que no és veritat? —va dir l'Elliot.

—Jo et diré com. Primer, perquè he interrogat totes les seves amigues. Cap no en sap res de res. Segon, he interrogat la meva filla, en qui confio. Tercer, la meva filla fa els deures a la taula de la cuina. La meva dona o jo hem estat testimonis de com la meva filla feia tots els treballs d'estudis socials d'aquest any. Revisem els seus deures. Cada nit. Vam revisar aquest treball la nit que la nostra filla el va escriure. Amb la seva lletra. —Em va mirar directament.— O sigui que totes les persones que podien saber alguna cosa d'aquesta història que vosaltres heu divulgat per tota l'escola han dit, i ho testificarien si calgués, que és falsa. És ficció. No té cap mena de base.

Va tornar a guardar el paper al maletí i el va tancar de cop. Va mirar la senyora Capelli, va encreuar els braços i va esperar.

La directora va bellugar el cap. Va parlar amb més amabilitat de la que m'esperava.

—No se'ls va acudir a cap dels tres que si divulgaven una història anònima, podia ser que se l'haguessin inventat? No els sembla que haurien hagut de valorar aquesta possibilitat abans de divulgar-la?

Un altre silenci. Al final vaig dir:

—Només som nens, senyora Capelli.

—Sí —va fer que sí amb el cap. La veu se li va tensar—. Són nens amb accés il·limitat a un mitjà que és massa poderós... per a uns nens —va mirar amb intenció el senyor Dallas.

Aleshores la senyora Capelli va mirar el pare de la Bethany. Va respirar fondo.

—Senyor DeMere... no sé com expressar-li el greu

que ens sap que s'hagi produït aquest desafortunat error. Reconeixem, i lamentem molt, l'aflicció que ha causat a la seva família. Li vull donar les gràcies personalment per haver-me posat al corrent d'aquest assumpte tan desagradable. Li puc assegurar, parlant a títol personal i com a directora d'aquesta escola, que m'ocuparé que no torni a passar mai més una cosa semblant.

El pare de la Bethany es va aixecar.

—Això no repara el mal causat, senyora Capelli —va dir. La meva filla està destrossada. No sap si vol tornar a aquesta escola. No sap si podrà.

—Espero que torni, senyor DeMere —va dir la senyora Capelli—. De debò que espero que torni. Farem tot el que podrem perquè se sàpiga la veritat. I, com he dit abans, no tornarà a passar mai res semblant.

Ell la va mirar una bona estona. Després va fer un cop de cap.

—Esperem a veure què passa, senyora Capelli.

La directora es va aixecar i li va oferir la mà. L'home se la va mirar un segon abans de decidir-se a agafar-la.

Se'n va anar.

La senyora Capelli esbufegava com si tragués fum.

—De totes les coses absurdes, esbojarrades, inconscients i idiotes que podíeu fer... Teniu idea dels problemes a què ens heu exposat?

—Em sembla que no —vaig dir.

—Els advocats no es limiten a entrar al teu despatx i parlar així —va dir ella—. Primer parlen així, i després et demanden. I demanden l'escola. Per molts diners.

Hi va haver un silenci. L'Elliot va dir:

—És per això que és tan dolent?

—Senyor Gekewicz, disculpi?

—No, miri, ens sap molt de greu el que ha passat. Ens sap moltíssim greu. Però això vol dir que, quan els nens reben pallisses o els llancen daltabaix d'un pont o la gent s'inventa històries sobre ells, l'única raó per la qual vostè no fa res és que els seus pares no són advocats?

Ella el va mirar furiosa.

—Això no és broma, senyor Gekewicz.

—Estic totalment d'acord amb vostè.

Ella va picar amb el palmell a la taula. Fort.

—Em prenc les meves responsabilitats en aquesta escola molt seriosament. I vostès han creat una situació molt greu.

—Ho sentim —va gemegar la Catalina.

—Ara és responsabilitat meva fer el que sigui, d'una forma pública i molt visible, per assegurar-me que això no torni a passar. Com he dit abans.

La senyora Capelli va mirar el senyor Dallas.

—Anul·lo l'accés dels alumnes a la xarxa de SchoolStream —va dir.

El senyor Dallas va saltar endavant com si li haguessin clavat un cop de puny a l'estómac.

—Quins alumnes? Aquests?

—Tots els alumnes.

—Què? Janet... no. Això seria un error terrible. No tens idea de com els nens utilitzen el LAN, de com l'aprofiten.

—Les possibilitats d'abusar-ne han quedat molt clares, senyor Dallas. Tinc la responsabilitat de prendre decisions. Ja m'ha sentit a dir que ho faria.

El senyor Dallas semblava desesperat.

—Janet, la Comissió de Tecnologia va decidir aquests nivells d'accés.

—Gràcies a la pressió del seu president —el va mirar furiosa.

—Sí. Perquè estava bé —va dir, i es va posar a parlar ràpidament—. Perquè és una eina d'aprenentatge. Té un potencial il·limitat. Il·limitat. És clar que es cometran errors, se'n cometran. Quants llibres no s'han publicat que potser no s'haurien d'haver publicat? Quantes trucades de telèfon amb poca gràcia es fan cada dia? La qüestió és que la comunicació en xarxa és el nou món. Confiar en els nens perquè l'explorin i l'entenguin és confiar que aprendran. Que aprendran les lliçons. —La senyora Capelli va moure el cap. El senyor Dallas ens va assenyalar amb el braç.— Això és el que està passant aquí —va dir—. Tres nens fan un ús innovador de la xarxa. Realment innovador. A sobre, comencen a fer una cosa molt bona. Després cometen un error. Un error greu, però tot i així un únic error. Tenen l'oportunitat d'aprendre d'això. Tothom en pot aprendre. Poden fer servir la xarxa per corregir-ho, per l'amor de Déu. Però si retira l'accés a la xarxa a tot l'alumnat per això...

La senyora Capelli només mirava furiosa. El senyor Dallas va mirar per tots els racons. Es va encongir, com si estigués perdent aire.

—No sé què significaria. Crec que és com dir a la gent que no s'han de provar les coses noves, que no s'ha de destacar, ni intentar canviar les coses, perquè el teu cap pot tenir un advocat al despatx.

La cara de la senyora Capelli es va enfosquir. Vaig clavar un cop de colze a l'Elliot. Ell me'l va tornar.

—L'accés obert dels alumnes a la xarxa informàtica de l'escola és un canó descontrolat apuntant a tothom de la comunitat escolar —va dir ella al senyor Dallas—. És la meva responsabilitat protegir aquesta institució d'aquest risc. En vista del que ha passat, revoco la decisió de la Comissió de Tecnologia. L'accés dels alumnes a SchoolStream queda restringit a buscar informació a la biblioteca i similars. No hi haurà més correu electrònic. Ni més butlletins. Amb efecte immediat.

El senyor Dallas es va posar dret. Es va quedar així, respirant feixugament. A la fi va dir:

—No ho podem fer immediatament. Els nens necessitaran temps per assumir-ho. Per anar-ho deixant d'una manera gradual.

La senyora Capelli s'ho va rumiar.

—No veig per què, senyor Dallas. Però, d'acord. Té dues setmanes.

—Ara —ens va dir a nosaltres—, parlem del que hauran de fer per millorar la situació.

Vam haver d'escriure una carta de disculpa a la Bethany, que em feia una ràbia espantosa, i fer-ne una còpia per al seu pare. Vam haver de donar les cartes a la senyora Capelli, perquè les enviés per correu electrònic, sens dubte, amb alguna noteta aduladora i pilota de collita pròpia.

Ens van caure dues setmanes de càstig a cada un. I vam haver d'escriure una carta a tot l'alumnat de l'Escola Secundària de Parkland. Vam haver de signar i imprimir una còpia per a tots els de la nostra aula de curs i lliurar-la personalment, perquè tots els professors en tinguessin una còpia i la repartissin a tots els alumnes l'endemà. La carta havia de dir exactament el que la senyora Capelli volia que digués. Vaig dir que la millor manera de fer-ho seria penjar-ho a la xarxa, però que no hi hauria més enviaments. No pas nostres. Estàvem fora de KidNet, a partir del final de les classes del dia.

Vam anar al laboratori d'informàtica de l'hora d'activitats per escriure les cartes. Primer vam mirar el correu de l'Elliot. Hi havia més missatges esperant-nos que mai.

Un dia fastigós i plujós ens van donar les notes. Hi havia un nen, en Donnie (no és el seu nom autèntic), que normalment treia molt males notes, però aquesta vegada tenia tres Excel·lents i Notables. Es va acostar a en Matt, que normalment li feia la guitza i va dir: «Ei! Mira... tinc millors notes que tu! Sóc més llest que tu!».

Va ser una bestiesa. En Matt va dir: «Ets un pringat i un estúpid, aquestes notes són d'un altre». En Donnie va dir: «No, que són meves». Però en Matt va dir: «Em sembla que menteixes. Deixa-m'ho veure».

En Donnie va apartar el butlletí de notes, però era massa tard. En Matt l'hi va prendre. Va dir: «Ho sabia. No són les teves notes. Només és un error estúpid». I va anar a fora i va tirar el butlletí de notes on els nens de parvulari passejaven després de l'escola i el van trepitjar. El van empastifar. Reien. Quan en Donnie va intentar recuperar-lo, en Matt el va arrossegar darrere l'escola i el va apallissar de mala manera.

És tot veritat.

Una vegada, quan era a l'escola de primària, al pati tenia moltes ganes de jugar a beisbol. Però al pati hi havia dos nois que em van començar a insultar i a dir que jo era tan espàstic que no podia jugar. Vaig intentar ignorar-los i em vaig posar a jugar, però van començar a dir aquestes coses a altres persones. Van dir: «No pot jugar... és massa espàstic, no pot picar ni entomar i quan corre sempre cau...». Però això només m'ha passat una vegada. Llavors tots els nens deien: «Sí, tenen raó, toca el dos». No volia dir-ho a ningú i que tothom m'odiés encara més, o sigui que vaig anar a seure en un gronxador fins que es va acabar l'hora del pati.

M'agrada pegar els nens per divertir-me. Ei, proveu-ho alguna vegada si us penseu que no és divertit. Una vegada, després de l'escola, vaig tenir ganes de divertir-me, o sigui que vaig anar a fer la guitza a una nena. Li vaig dir que sortís de la vorera, i la vaig empènyer contra un arbre. Ella em va clavar un cop fort als turmells i va córrer, la molt merdosa. Em va fer mal! Vaig arribar a casa furiós!

Uns nens de segon estaven jugant al gimnàs. Se'ls va escapar la pilota i els hi vaig anar a buscar. Però un dels nens va agafar la pilota i em va dir que em punxaria amb una navalla si tocava la pilota. També em va insultar, perquè quedés clar que ho deia seriosament. No vaig tocar res.

Hi havia un nen, un de molt dolent, que es va estar tot l'any fent-me la guitza. Em deia ploramiques i cara de cul. Una vegada em va agafar els cromos nous de bàsquet i me'ls va estripar, i després va llençar tota la meva col·lecció de cromos a una claveguera. En tenia centenars, tots plastificats, tots ordenats. Vaig provar de recuperar-los amb un pal, però no hi va haver manera, i estaven destrossats de totes maneres. No els vaig recuperar mai.

Em sentia tan sol per culpa d'aquell nen, com si mai pogués sentir-me bé o tornar a tenir amics. Després, quan vaig començar a llegir *El Revelador*, em vaig adonar que aquestes coses passaven a molts nens del meu curs (primer). A la classe de llengua vam tenir un debat sobre això, i em vaig fer amic de dos nens. Ara anem junts, perquè quan estem junts els busca-raons no ens fan tant la vida impossible.

PD. Podeu divulgar la meva història.

Les boletes de patata

A l'hora de dinar encara no havíem reaccionat. Picàvem el menjar del plat tots moixos.

L'Elliot i jo teníem formatge al forn i boletes de patata. La Catalina tenia un entrepà de gall dindi fet a casa. Finalment, l'Elliot va dir:

—O sigui que el teu pare et fa el dinar?

Ella va fer que sí amb el cap, tota trista.

—Sí, ho fa amb bona intenció. Però és tot molt americà. —Va aixecar la punta del pa de blat de moro, i es va mirar el tall de gall dindi.

—No és una *merienda* —va dir l'Elliot.

Ella va somriure.

—Te'n recordes.

—I tant.

Vam continuar mastegant.

—Qui creieu que ho deu haver fet? —va dir l'Elliot—. És que hi deu haver molta gent a qui la Bethany DeMere no cau bé. Però qui l'odia tant? I qui seria tan fastigós per fer una cosa així?

—No hi havia pensat —va dir la Catalina.

—Doncs, evidentment algú tenia moltes ganes de fer-li la punyeta. Per això ens va donar un disc anònim, per això la història no va venir per KidNet, com totes les altres. Així no podríem saber d'on venia. Encara que ho haguéssim intentat, no hauríem trobat res —L'Elliot em va mirar.— Oi?

Jo vaig mirar la taula.

—Però ara ho hem de descobrir —va dir l'Elliot—. Potser si esbrinem qui ho ha fet, no ens les carregarem tant —em va tornar a mirar—. Oi?

—És culpa meva —vaig dir.

Li van sortir els ulls de les òrbites.

—Què?

—Que és culpa meva. Tot és culpa meva. Sóc un estúpid i és culpa meva.

—Què t'empatolles?

—Ella sabia que m'ho creuria, perquè sabia que havia llegit el treball. Sabia que volia ensorrar-la. I sabia que sóc idiota i que ho esguerro tot. —Amb la forquilla vaig punxar una boleta de patata. La vaig aixecar i la vaig mirar.— Això —vaig dir— és més llest que jo.

—Espera't un moment —va dir l'Elliot—. Creus que ho va fer la Bethany? Que s'ho va fer ella mateixa?

—No s'ho va fer ella mateixa. Ens ho va fer a nosaltres.

L'Elliot va arrugar el front i es va mirar la seva safata. Després va moure el cap.

—No ho entenc —va dir.

—Doncs jo sí. Era perfecte. S'ho inventa, d'acord? Ho escriu i ho posa en un disc, que enganxa a l'armariet de la Catalina. Sabem que té experiència en notes anònimes, i sabem que sap quin és l'armariet de la Catalina. Sabem que és maliciosa, i que no és estúpida. El seu pare diu que sempre treu matrícules.

L'Elliot es va repenjar en els colzes.

—I sap que et creuràs la història, perquè esmenta les paraules exactes del treball que sap que tu vas veure. Ja. Sí. Sap que inclourem la història, perquè...

—Perquè sap que l'odiem. I perquè sap que sóc estúpid. Sóc un penjat. I sóc idiota.

—Uf... home.

—Jo no l'odio —va dir la Catalina.

—No, no, tots dos sou genials. Sóc jo.

L'Elliot va mirar la Catalina. Ella em va mirar de biaix.

—I quan la història es divulga —diu l'Elliot—, ho explica al seu pare.

—Que sap que és advocat.

L'Elliot va assentir amb el cap.

—I està molt trasbalsada. Traumatitzada.

—Sí, del tot.

—I evidentment es queixa que el seu futur està destrossat, si no és que...

—Si no és que ens destruïm nosaltres —va dir la Catalina.

—I ja està —vaig dir, assenyalant amb la forquilla—. Ja està. Escac i mat. Dos moviments i estem acabats.

La Catalina va agafar la boleta de patata de la meva forquilla. Va fer-hi una mossegadeta i, de seguida, una ganyota.

—Ecs. Això mengeu?

L'Elliot va enforquillar dues boletes de patata, se les va ficar a la boca i va mastegar.

—Elles m'han fet el que sóc —va dir—. Això i les boles de xocolata.

Em vaig aixecar. Em van mirar.

—Què? —va preguntar l'Elliot.

—Vaig a veure la senyora Capelli. Li diré que va ser tot culpa meva.

—No hi vagis. No siguis idiota.

—Sóc idiota, oi? —Ho vaig dir fort, i em van mirar sobresaltats.

—No ets idiota —va dir l'Elliot amablement—. Ens vam equivocar tots. Tots hi érem. Tots vam decidir incloure aquella història.

—Tu estaves a la lluna —vaig dir a l'Elliot. Vaig assenyalar la Catalina—: I tu no ho volies fer. Vaig ser jo. Ningú més podria ser tan... estúpid.

Se'm van humitejar els ulls. Encara estava dret.

La Catalina em va posar una mà al braç.

—Per favor, no ho facis —va dir—. D'acord?

Vaig bellugar el cap.

—Us adoneu de com s'enfadarà tothom amb nosaltres? Us adoneu del desastre que és tot això? He fet que tota l'escola es quedi sense KidNet. Ja no som invisibles, quan la gent sàpiga que som els culpables del que ha passat, ens odiaran! —Ho vaig dir molt fort i de cop tota la cafeteria va quedar en silenci i tothom es va girar cap al nostre racó mentre jo deia:— I és culpa meva perquè sóc un imbècil total!

Silenci. Tothom em mirava. Després tothom es va posar a riure.

Em vaig girar. Les rialles em van inundar com una onada. No vaig mirar ningú... vaig sortir d'allà tot tibat, tan de pressa com vaig poder.

Corria pel passadís. Corria per fugir, sense saber on podia anar perquè no em pogués trobar ningú... i vaig ensopegar amb el senyor Dallas. Ostres, no. Sortia per la porta de la sala del Servidor de Sistema, em va veure, i va córrer darrere meu. Estava alterat.

—Ei, Russell —va dir—. Nano, sembles tan trasbalsat com jo. Escolta, m'alegro de veure't. De debò. Volia parlar amb un de vosaltres.

Vaig mirar al voltant. No hi havia possibilitat de fugida. Era un professor.

—Per què no entres aquí un moment? —va dir—. Voldria parlar amb tu. Només un segon. —A la seva sala diminuta, es va deixar caure en una cadira de rodetes. Jo em vaig quedar dret contra la paret de Mecano. Va moure el cap.— No m'ho puc creure —va dir—. Era així com havíeu d'aprendre, provant coses, cometent errors i després corregint-los. Millorant les coses. Per l'amor de Déu. —Va encreuar els braços.— M'agradaria saber si hi ha cap manera que vosaltres... no ho sé, pensava que vosaltres... poguéssiu ensenyar a la gent com n'és d'important, aquest sistema.— Va tornar a sacsejar el cap.

—Sé que sembla impossible. Ara que ens tanquen el sistema. Ja ho sé. Quan la Janet Capelli pren una decisió... diguem que no és de les que canvien d'opinió. Però si hi hagués una manera de demostrar el que ha representat això per als alumnes. —Els seus ulls expressaven una desesperació esquinçadora. Em vaig adonar del mal que havia fet. Només el vaig mirar i després em vaig girar per marxar.— No —va dir ell—. Ja m'adono que no és una idea pràctica. No és ni una idea. Aquest és el problema: que no tinc una idea. —Va aixecar el cap.— Bé, gràcies, Russell. Gràcies per parlar amb mi.

Vaig sortir i pel passadís venien l'Elliot i la Catalina. Em van veure i es van desviar cap a mi ràpidament. L'Elliot va aixecar les mans.

—Ei, escolta —va dir—. Ens sap greu. No hem rigut. Ens sap greu.

Va sortir el senyor Dallas.

—Senyor D —va dir l'Elliot, sorprès.

—Parlava amb en Russell sobre si hi hauria una manera de fer alguna cosa —va dir el senyor D— per demostrar la importància que té KidNet per a tots els alumnes. No ho sé, potser entre tots tres podeu pensar alguna cosa. Què en penseu?

—Home... —va començar a dir l'Elliot.

—Deixeu-me en pau —vaig dir.

—Només volíem... —va dir l'Elliot.

—No em fiqueu en això —vaig dir—. No sigueu estúpids, d'acord? Procureu no ser tan estúpids.

No sé a què em referia. Per variar, deia una cosa idiota, imbècil, que no treia cap a res.

Em vaig girar i vaig marxar.

—D'acord, doncs —va dir l'Elliot des de darrere—. Si és el que vols, és el que farem. Com vulguis.

Ningú no va dir res més. Jo vaig pensar: «Ja està? Així de fàcil? S'ha acabat?».

Vaig començar a caminar ràpidament.

Vaig passar la resta del dia com emboirat. No vaig pensar en res, vaig fer el que havia de fer i no vaig mirar ningú, i vaig tocar el dos d'allà de seguida que vaig poder.

Vaig pujar per Chamber Street cap a les vies del tren. Vaig baixar a la via i la vaig seguir fins que vaig sortir de la ciutat. Finalment em vaig separar de les vies i em vaig ficar per un camí, després vaig baixar un marge entre bedolls fantasmagòricament blancs. Vaig anar a parar a un camp ple de sots i amb l'herba alta i vaig arribar al riu. Em vaig asseure al costat de l'aigua.

Em vaig quedar allà enfadat amb tothom: amb la Bethany per ser tan dolenta, amb el seu pare per ser un instrument, amb la senyora Capelli per ser autoritària, amb el senyor Dallas per ser tan arrauxat, amb l'Elliot i la Catalina per ser uns inútils, amb en Burke i en Blanchette per ser mesquins, amb en Richie per no haver aparegut per clavar-me una pallissa, amb la meva mare per haver de treballar tant i no tenir temps per estar amb mi i salvar-me. Amb el meu pare per morir-se, ostres. Amb el meu pare per morir-se.

Finalment, tota aquella ràbia es va difuminar. Es devia escórrer amb el riu, suposo. I vaig saber que no tenia importància, perquè es tractava només de mi. Només de mi. Només això. Era inútil. Jo era un inútil.

Em vaig quedar allà una estona més. Després, és curiós, però vaig començar a sentir el riu. El riu. Que té tantes veus. I són tan interessants. Hi ha com un murmuri, i algú més que mira de dir alguna cosa, d'explicar alguna cosa, i una veu més forta que parla per sobre d'aquesta, i aleshores t'adones que hi ha tota mena de veus, tot de veus diferents que parlen alhora. Potser només era un riu..., però va ser interessant, i divertit, també. Em va tranquil·litzar.

Es feia fosc. Tenia gana. Vaig decidir tornar a casa.

Aquella nit vaig explicar a la meva mare el que havia passat amb la gravadora.

—Es va trencar del tot —vaig dir—. Està tota trencada.

—No hi pateixis. Era vella. No la feia servir mai. El que compta és que tu estàs bé. Hi estava d'acord. Però no li vaig explicar res més.

L'ordre natural

Quan vaig arribar l'endemà al matí, vaig veure una nota enganxada al meu armariet. Vaig tenir un moment d'esperança pensant que seria de l'Elliot o la Catalina. Però quan la vaig desplegar, vaig reconèixer la lletra.

> Hola, espavilat
> A qui li han pres el pèl ara, eh?

A sota, una altra mà havia escrit:

> Sí, benvingut de nou al món dels penjats. T'has ficat amb qui no t'havies de ficar!
> Signat, els teus amics (no)

Me la vaig guardar a la butxaca i vaig anar a l'aula de curs, l'últim lloc del món on volia ser.

La breu carta que havíem escrit el dia abans s'havia fotocopiat i s'havia posat a totes les taules negres del laboratori. No se'n va comentar res. Res. La gent només va llegir les paraules que la senyora Capelli ens havia dit que diguéssim:

> Benvolguts companys,
>
> Una història que es va publicar a SchoolStream fa uns dies no era veritat. Aquesta història deia que una estudiant havia demanat a una altra que li fes un treball. Aquesta història no era veritat en res.
>
> Lamentem molt aquest error. Va ser un error molt greu, i ens disculpem.
>
> Atentament,
>
> Catalina Aarons
> Elliot Gekewicz
> Russell Trainor

Els alumnes ho van llegir, ho van deixar i es van mirar. Van fer comentaris en veu baixa. La majoria va doblegar el paper i se'l va guardar dins del quadern. O el van deixar sobre la taula.

Al meu costat, en Chris Kuppel es va acostar i va murmurar:

—Què ha passat? —Vaig arronsar les espatlles.— Digues —va insistir—. Què?

No vaig dir res. La taula negra semblava gairebé la pell d'un rèptil. Com si tingués escates. Després, amb un clic i un petit grinyol, el sistema de megafonia es va engegar.

—Bon dia, nois i noies —va dir la senyora Capelli, com sempre. Va llegir els anuncis del matí. Després va afegir:

—Avui també tenen un anunci especial, nois i noies. El senyor Dallas els en vol parlar. Li passo el micròfon.

Es va sentir un soroll arrossegat, i després un home es va aclarir la veu.

—Ah... gràcies. Sí. Bon dia. Això... mmm, bé, això no és exactament un anunci. Jo no us ho voldria dir. Però és la meva obligació explicar-vos-ho. —Vam sentir que respirava fondo.

—A causa d'un... ús controvertit del sistema School-Stream, lamento dir-vos que, d'aquí a dues setmanes, l'ús de la xarxa que fan els alumnes es restringirà al nivell d'accés de la Biblioteca. Aquesta mesura afectarà tots els estudiants. Aquest canvi... bé, ho sento. —Es va aclarir la gola.— Aquest canvi serà permanent.

Es va sentir un «clonc» quan va apagar el micròfon. Al cap d'uns segons es va sentir un «clic» i la senyora Capelli va tornar a parlar. Ens va guiar en la recitació de la Promesa de Lleialtat. Però a la nostra classe els nens amb prou feines van murmurar. Es miraven els uns als altres.

—Ho diuen de debò? —va murmurar en Chris Gros.

Ara ja tota l'aula era una xivarri de comentaris. Molts es giraven a mirar-me i després dissimulaven. En Chris va aixecar la nostra carta i va dir:

—Aquestes dues coses estan relacionades, oi?

Vaig assentir.

—Ostres, Russell, què ha passat? —Vaig treure la nota que havia trobat a l'armariet del quadern. La vaig desplegar i la hi vaig passar. La va llegir, mirant-se-la fixament.

—No ho lligo —va dir.

Vaig arronsar les espatlles.

—Ens van parar una trampa.

Em va mirar, i després va tornar a mirar la nota.

—Qui? —Vaig tornar a arronsar les espatlles. En Chris va estudiar la nota, mirant-la de molt a prop. No parava de fer-ho. Finalment me la va tornar. La vaig desar. En Chris es va tirar enrere i va encreuar els braços. Semblava molt amoïnat.

—Ostres —va dir finalment. Va moure el cap—. Això és... ostres.

—Avui m'agradaria començar amb un debat d'uns successos actuals —va dir la senyoreta Hogeboom a estudis socials, donant la volta per repenjar-se a la part de davant de la taula. Va mirar tota l'aula.

—L'altre dia, alguns de vosaltres vau apuntar que si l'Anna Frank hagués tingut accés a Internet, si en aquella època el món hagués estat connectat en xarxa, com ara, potser ella hauria aconseguit escapar del seu destí. Sé que no n'estàveu segurs, però almenys era una idea interessant. Sobretot perquè aquest any heu tingut la vostra pròpia xarxa a l'escola.

Hi va haver moviment i murmuris. Hi havia moltes cares arrugades.

—Entesos, nois? Ara hem sentit l'anunci d'aquest matí. Puc dir-vos que ha estat tan inesperat per a mi com penso que ho ha estat per a vosaltres. Però el cas és que passareu a un nivell d'accés restringit. M'agradaria saber què en penseu.

—Pensem que és un fàstic —va dir en Jake Messner en veu alta.

—Eh... Jake?

—Representa que la xarxa era per aprendre, i ara en fan fora els alumnes —va dir—. De què van?

—Bé... entenc que ho vegis d'aquesta manera —va dir ella.

—No és culpa de l'administració —va intervenir la Leah Sternberg—. Aquest matí hem tingut reunió del Consell d'Estudiants.

—Doncs de qui és la culpa? —va preguntar en Jake.

—Em penso que està força clar.

—Per a mi no. Per què no ens ho expliques?

La Leah va seure ben dreta, amb les mans sobre el pupitre.

—Alguns alumnes van abusar del sistema —va dir—. Es van divulgar a la xarxa històries de violència i... d'abusos contra alumnes. Almenys una era clarament falsa. Tots ho sabem. —Va buscar suport en els altres. Vaig recordar que només feia uns dies la Leah Sternberg ens deia que *El Revelador* estava fent molt de bé a l'escola.— Uns quants alumnes ho han esguerrat tot —va dir.

La Bethany estava asseguda a primera fila. Una mica, només una mica, va gronxar els cabells.

—A veure... no pretenc burxar en la ferida —va dir la senyoreta Hogeboom—. Potser no hauríem de...

—I si les coses no fossin sempre el que semblen?

La senyoreta Hogeboom va fer cara de sorpresa.

—Chris? Què vols dir?

En Chris Gros es va tirar enrere. Es va fregar la barbeta i va mirar al seu voltant.

—En aquesta classe hi ha un parell de persones que saben què vull dir —va dir—. Oi que sí, Bethany? —La Bethany va mirar fixament al davant.— I... potser en Burke també ho sap. Tu saps què vull dir, Burke? —En Burke Brown va llançar una mirada ràpida i furiosa a en Chris Gros. En Chris va fer que sí amb el cap.

—He vist una cosa que havies escrit, tio. Et conec la lletra. —En Chris va somriure i va dir:— Què creus que vull dir?

Vaig veure que en Burke mirava dissimuladament la Bethany. Després em va veure i em va mirar rabiós.

La senyoreta Hogeboom va dir:

—Podríem... sisplau, podríem parlar d'una manera que tota la classe ho pogués entendre? —Va mirar en Chris i després en Burke i la Bethany.— Això està relacionat amb el nostre debat?

—No —va dir en Burke—, perquè no té ni cap ni peus. Sobretot perquè algunes persones no saben qui són els seus amics. O qui eren.

Hi va haver molts murmuris.

—Molt bé —va dir la senyoreta Hogeboom—. Per què no...

—No sé de què va tot això —va dir l'Allison Kukovna—, però crec que és una gran desgràcia per a tota l'escola. No entenc per què un error l'ha de pagar tothom.

L'Elliot mirava fixament el pupitre. La cara de la Catalina s'havia tornat a convertir en una màscara. Cap dels dos no em mirava.

—La vida és així —va dir en Jon Blanchette, i va somriure.

—Sí —va dir una veu des del fons. Era en Turner—. Ens fan anar per on volen. La vida és així, això segur.

—Podria ser aquest l'últim comentari abans de continuar? —va demanar la senyoreta Hogeboom—. Turner, vols argumentar alguna cosa?

En Turner va arronsar les espatlles.

—Això de la història falsa només és una excusa per tancar el sistema. Punt. Mai no han volgut que estiguem connectats els uns amb els altres. —Tots el miraven amb una expressió desconcertada.— Sí que volen que estiguem connectats, però sols —va dir en Turner—. Però no volen que parlem entre nosaltres. No volen que expliquem les nostres històries. A la tele sí, allà és perfecte. Però no les històries reals.

—Això és interessant —va dir la senyoreta Hogeboom.

—Ara som adolescents, oi? —va dir en Turner—. A partir d'ara no volen saber res de nosaltres. Estigueu atents. Si fem coses normals d'adolescents, i tenim els problemes normals d'adolescents de tant en tant, s'amoïnaran per nosaltres. Els encanta. I es queixaran de nosaltres, per descomptat. Però si expliquem la veritat a la gent, si diem coses que no volen que els altres sentin, faran el que sigui per fer-nos callar. Ens desconnectaran. Ens apartaran de la xarxa. —En Turner es va tirar enrere i va arronsar les espatlles.— Sí. Es pot dir que la vida és així.

—Però l'escola va invertir milers de dòlars en aquesta xarxa —va dir la senyoreta Hogeboom.

—Sí —va dir en Jake—, fins que la vam començar a fer servir. Ara només podrem obtenir coses del sistema que l'escola vulgui que tinguem.

—Com els deures —va dir l'Allison.

—I material de la biblioteca —va dir en Chris.

—Bé, però és molt material —va dir la senyoreta Hogeboom.

—Sí, és clar —va dir en Jake—. Però no podrem parlar entre nosaltres. I això per què?

—Au, va, parlem contínuament —va dir la Leah Sternberg—. No és que estiguem tancats en compartiments. Tenim telèfons, tenim ordinadors, encara tenim Internet. Tenim moltes opcions.

—Però aquesta era massa poderosa —va dir en Jake.

—Estava massa connectada —va afegir en Turner des del fons—. A veure, tenen una màquina de CD gravables nova de trinca al laboratori d'informàtica. Pots posar 640 megues de multimèdia en un disc: text, imatges, so, vídeo, el que vulguis. Volen que la facis servir. Sempre que estiguis connectat només amb tu mateix. Perquè això és segur. És con una immensa Game Boy.

La classe no va dir res. Finalment la senyoreta Hogeboom va dir:

—Trobo que aquest és un punt molt prometedor. I no us vull tallar la inspiració, però crec que és un bon moment per parar. Encara ens queden vint minuts i tinc una pel·lícula històrica justament de vint minuts sobre Amsterdam i el llegat de l'Anna Frank. Si algú pogués apagar el llum... Un moment, que ho endollo. Ja està. Llum?

I vam quedar a les fosques amb el vell i tremolós blanc i negre.

Després de la classe, al passadís, la Bethany i en Burke parlaven. Ella li deia alguna cosa a cau d'orella. Ell va aixecar el cap per mirar-me.

—Ei, setciències —va dir en Burke—. Què has de dir ara?

No vaig dir res.

—Carai —va dir en Burke—, no veig el teu amic goril·la enlloc. No el veig, no. De fet, ni tan sols veig els teus amics ploramiques. On han anat tots els teus amics, llumenera? —La Bethany era darrere d'ell, somrient amb menyspreu.

—No tens res a dir, eh? —va dir en Burke—. Doncs, mira què et dic. Jo tampoc. Només volia saber si tens clar que tornes a ser al lloc que et pertoca, tu i els teus amiguets. Si encara són amics teus. —Em va barrar el pas.

—Aquest és l'ordre natural, nano —va dir—. Tu estàs a baix de tot, i aquesta vegada t'hi quedaràs.

Es va apartar. La Bethany va baixar pel passadís amb ell. Ell li va dir alguna cosa i ella va riure.

A l'hora de dinar, la Catalina seia amb l'Allison i les seves amigues en una taula del centre. L'Elliot era a la nostra taula amb en Chris «Gros» Kuppel. No m'ho podia creure. L'Elliot va aixecar el cap quan em va veure, però vaig passar de llarg. Vaig anar a menjar tot sol.

El contenidor

Al càstig de la tarda no ens permetien parlar, i a mi ja m'estava bé. La Catalina feia els deures. L'Elliot llegia un llibre de dinosaures. Jo no feia res. Aquell dia el càstig era a la classe de la senyoreta Hogeboom i jo em mirava les coses de les parets, coses que havia llegit milions de vegades i no n'havia fet mai gaire cas. Com el banderí de sobre la pissarra que deia, amb lletres grans: «NO ET CONFORMIS MAI AMB RES MÉS QUE EL MILLOR DE TU». Ja. També hi havia un pòster de la Fira de Ciència Creativa del senyor Dallas. I hi havia una secció del tauló d'anuncis que estava atapeït de tires còmiques polítiques, titulars, fotos de persones a les notícies. A sobre d'això, unes altres lletres grans deien: «QUAN CREUS EN TU MATEIX, TOT ÉS POSSIBLE».

Molt amable, senyoreta Hogeboom.

Van arribar tres quarts de quatre i jo no havia fet res. La senyoreta Hogeboom va dir que podíem marxar. L'Elliot i la Catalina van agafar les seves coses i van sortir.

La senyoreta Hogeboom em mirava.

—Russell —va dir—, m'imagino que has passat un parell de dies molt difícils —vaig començar a recollir les meves coses. Ella va dir:— No m'estranyaria i no et retrauria que estiguessis disgustat. M'agradaria saber si en vols parlar —vaig fer que no amb el cap—. Va bé parlar-ne —va dir amablement la senyoreta Hogeboom.

No en tenia ganes, però em vaig sentir murmurar:

—S'ha acabat. I ja està.

—Què? —va preguntar—. Què s'ha acabat?

Vaig arronsar les espatlles.

—Tot. Ens han derrotat. Estem derrotats —vaig tancar la cremallera de la motxilla. No podia parlar més.

Ella va anar a seure a la seva taula.

—Per què? —No podia contestar.— Per què esteu derrotats? —va preguntar. Vaig moure el cap. No volia tenir aquella conversa. Mirava per sobre d'ella, el pòster del senyor Dallas. Deia: «Una Fira de Ciència "una mica més exigent"». El pòster deia que la fira se celebraria d'aquí a quatre setmanes. I a mi què?

—Sé que aquesta decisió sobre la xarxa ha estat una decepció —deia la senyoreta Hogeboom—. I sé que te'n sents responsable. —No ho volia sentir. Per això llegia el pòster.

—Però qui diu que us hagin derrotat? —deia ella. El pòster deia: «El repte: crear alguna cosa que posi a prova una hipòtesi original».

—«Derrotat» significa desgastat, oi? Vençut. Esgotat. Gairebé acabat. De veritat estàs acabat? Russell? Russell, em podries mirar? —Es va decantar per mirar-me als ulls.— Acabes de començar la teva vida —va dir—. Per què t'hauries de sentir acabat? —No vaig contestar.— Et puc explicar el que he vist? —va dir—. He vist tres nens prometedors que eren insegurs, indecisos, de fet, que estaven aïllats. Sí. I que per això els feien la guitza. Això passa, ho sé. Em trenca el cor, però ho veig contínuament. Sé que passa quan els joves no estan en situació d'igualtat amb els seus companys.

—Però llavors aquests tres nens es van ajuntar. I això va ser una gran cosa, oi? El simple fet d'ajuntar-se. Ho vaig veure. I saps què? Això va fer possible la resta. —El pòster deia: «Què volem dir amb "original"?».

—Aquests tres nens van començar a fer una cosa —deia la senyoreta Hogeboom—. Van compartir les seves experiències. I van trobar una manera de transmetre aquestes experiències a tots els alumnes de primer.

—A tota l'escola —vaig dir.

—Perdona?

—Ho vam transmetre a tots els alumnes de l'escola.

—Ah, doncs encara millor. —«Volem dir que TU ho has de pensar», deia el pòster. «Com més únic, millor».— En fi, a continuació altres nens van enviar les seves històries —deia la senyoreta Hogeboom—. Tothom llegia aquestes històries, i començava a passar una cosa molt subtil. Es notava a l'ambient de l'escola. No sé com expressar-ho exactament... —Què volem dir quan diem "crear"?», deia el pòster. La senyoreta Hogeboom va fer petar els dits.

—Això és el que crec que era. Sovint els alumnes de secundària no es porten gaire bé els uns amb els altres, sobretot amb els que no destaquen. Però tot d'una vaig veure una humanització. Crec que els alumnes es van començar a mirar d'una manera una mica diferent. Era com una petita revolució. —Va somriure.— Potser això és exagerat —va dir—. Però sí que vaig sentir que els alumnes es començaven a tractar d'una manera diferent. —«Volem dir que quan acabem, deia el pòster, existeixi una cosa que no existia abans».

—I ara tots tres teníeu una posició —deia la senyoreta Hogeboom—. Teníeu un impacte cada dia. De fet, teníeu poder, tot d'un plegat. Potser això no agradava a tothom... potser fins i tot va posar nervioses algunes persones. Potser us volien aturar, o fer-vos callar. O potser senzillament vau cometre un error. No ho sé del cert. Però, mentrestant, aquesta altra cosa, aquesta humanització general, s'ha produït.

—Si et deixes derrotar, Russell... —va afegir—. Russell? Hola? —Vaig seure. Encara no la mirava.— Si estàs derrotat —va dir ella—, no ho sé..., vol dir que aquesta altra cosa també està derrotada? Alguns nens tornaran a abusar d'altres nens, amb la mateixa arrogància i impunitat d'abans? Tots els altres tornaran a no veure-ho, a no fer-ne cap cas? Se'm tornarà a trencar el cor? —El pòster deia: «Nota: Aquesta fira serà jutjada per científics i professionals de la tecnologia de veritat. Avança en el coneixement humà! Fes alguna cosa, tant si és una excentricitat com una cosa totalment tècnica, que obri els ulls de la gent!».

—Russell! Hola!

—Eh?

La senyoreta Hogeboom va sospirar.

—Més val que te'n vagis, Russell. Et vénen a buscar?

—No. Vaig caminant a casa.

—D'acord. —Es va posar dreta. Va rumiar un segon. Després va buscar per sobre la taula, va agafar un llibre, i me'l va llançar. Se'm va escapar i va caure a terra. El vaig recollir. Era el seu exemplar del *Diari d'Anna Frank*. Encara tenia aquell reguitzell de post-it sortint per la part de dalt. El llibre havia estat llegit i rellegit i tan fet servir que la tapa estava plena d'esquerdes, els cantons estaven arrodonits i inflats, i el llom estava tot desfet. El tenia enganxat amb cinta.

—Diria que ningú està del tot aïllat si no s'aparta d'ell mateix, Russell —va dir. Va indicar amb el cap el llibre de l'Anna Frank que jo tenia a la mà.— Aquest és un camí que ella no va agafar mai. —La senyoreta Hogeboom va allargar la mà. L'hi vaig posar el llibre.— I ara tenim una cosa que no havíem tingut mai —va dir—. Tenim això.

Tot pujant per Chamber Street i després travessant l'aparcament, gairebé esperava veure-hi la figura fosca. Quan la vaig veure, repenjada a la paret blanca de Granges d'Alimentació, gairebé em vaig posar content.

Vaig arribar al seu costat. Em va saludar amb el cap.

—Ei!

—Ei.

Em vaig repenjar a la paret, al seu costat. Vaig callar. Sentia que em mirava.

—Vaig llegir aquella carta —va dir—. M'han dit el que havia passat.

Vaig mirar a terra.

—Va ser una trampa —vaig dir—. Ens la van jugar.

—Ah, sí? Qui?

—Un parell d'alumnes.

—Ja. I ara què faràs?

Vaig gratar el terra amb el peu.

—Què hi podem fer? Hem perdut.

En Richie es va apartar de la paret.

—Això qui ho diu?

—No ho sé.

—Ho dius tu. D'acord? Ho dius tu.

—No, els nens que ens l'han jugada. Van dir que les coses havien de ser d'aquesta manera. Vull dir que ho va dir la directora.

—Ah, o sigui que és això? Un parell de nanos malparits i aquella vella tibada diuen que esteu acabats, i esteu acabats?

—I què més podem fer? —m'estava empipant—. No podem fer-hi res, d'acord?

—No, d'acord, no. —Mirava el terra. Després em va mirar a la cara.— Et penses amagar? Em vas plantar cara a mi, i ara un parell de nans et posen la traveta i tu t'amagues?

—No sé què fer! —estava cridant—. D'acord? Tothom pensa que és culpa nostra!

Va sacsejar el cap.

—Jo no. O sigui que no tothom. D'acord? No és tothom ni de bon tros. —Vaig arronsar les espatlles.— O sigui que ara has de pensar com fer que els altres també ho sàpiguen —va dir en Richie—. Per què és tan difícil?

—Per última vegada, Richie, no sé què fer!

Va donar un cop d'ull al voltant i va bellugar el cap.

—A veure —va dir—. Veus allò d'allà? —assenyalava enrere.

—La cabina.

—No, la cabina no. Allà.

—El contenidor?

—Sí. El contenidor. Si ara t'amagues, si et rendeixes, on anirà a parar la resta de la teva vida? Alguna idea?

—Però jo no...

—No sempre has de saber què fer! Només has de saber qui ets. Qui ets tu? Eh?

Em va empènyer. Enrere.

—No m'empenyis —vaig dir—. He tingut un mal dia.

—Et penso empènyer dins d'aquell contenidor, coi. És on vols anar, doncs jo t'hi llançaré.

—No.

—Per què no? Ho penses aguantar, oi? —em va tornar a empènyer. Vaig ensopegar. Em va tornar a empènyer.

Vaig parar de resistir-me i em vaig tirar a sobre d'ell. El vaig empènyer al pit, just sobre aquella estúpida jaqueta negra. Ell va trontollar enrere.

—Només ets un busca-raons de merda, ho sabies? Et penses que tot se soluciona fent la punyeta a la gent. No és tan senzill, Richie, ho entens? No és tan fàcil! —Vaig enganxar la cara a la d'en Richie. Va arquejar les celles, però res més. Vaig dir:— No puc solucionar un problema increïblement complicat només perquè tu et comportis com un bèstia i em burxis dient si no què! Si no què... què?

A poc a poc, en Richie va girar els palmells de la mà enfora.

—O si no res, xaval. És això i prou. Si no, no tens res.

Em vaig girar i me'n vaig anar. Però el meu cap continuava donant-hi voltes, això segur. Tot el dia havia estat entumit i emboirat i sentint-me encallat. Però en Richie m'havia fet tornar a pensar.

Aquella nit estava cansat, i me'n vaig anar al llit d'hora. Llavors, quan estava a punt d'adormir-me, em vaig asseure al llit.

Estava del tot despert. A les fosques, totes les peces es van posar al seu lloc, i ho vaig saber.

Ho sabia!

En aquell instant, vaig saber el que havia de fer.

Dobles clics

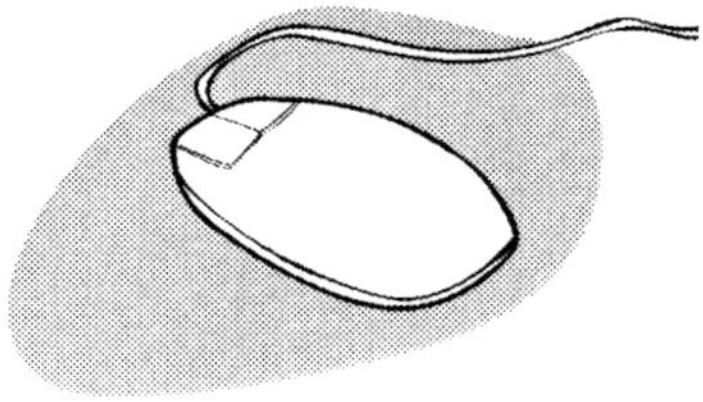

—I això què és? —va dir en Jake Messner.

—Mira —va dir l'Elliot, passant-li el ratolí.

Tots tres vam observar mentre en Jake seia en una cadira i feia un doble clic. Es va tirar endavant i va mirar la pantalla, mentre rere d'ell dotzenes de nanos pul·lulaven pel gimnàs.

Una gran pancarta a la paret, sobre els matalassets blaus amuntegats, deia: «BENVINGUTS A LA FIRA DE CIÈNCIA CREATIVA!». Hi va haver un enrenou de murmuris i rialletes mentre tots els nens que havien entrat feien voltes pel gimnàs mirant l'exposició, des d'una distància prudent, fent comentaris graciosos en els seus grupets, però normalment, a diferència d'en Jake, massa insegurs de si mateixos per ser els primers d'aturar-se i observar amb atenció.

Nosaltres tres ja ens l'havíem mirat. Com que la nostra exposició era fàcil de muntar —només un ordinador i un rètol senzill— havíem tingut temps de fer un volt abans que deixessin entrar els altres alumnes. Alguns dels projectes eren força divertits, com «Els nois resposta». Era una nevera que tres alumnes de segon havien pintat platejada, amb una obertura de la mida d'una pantalla de televisió retallada al nivell de la cara. Rere la «pantalla» hi havia un botó i una tecla que deia «Pitja i formula una pregunta».

Quan pitjaves, sortia un noi, i preguntessis el que preguntessis, deixava anar en veu molt alta una resposta que sonava seriosa. Aleshores un altre noi assegut a una taula et demanava que omplissis una enquesta, que només tenia una pregunta: «T'has cregut la resposta?». Totes les exposicions s'havien de basar en una hipòtesi, i la d'aquesta era: «La major part de la gent et creurà si parles com si sabessis de què parles».

Tres nens de sisè havien momificat un porc. Havien utilitzat «mètodes egipcis antics», segons un fullet bastant ben fet que havien elaborat amb l'ordinador i amb la seva foto (no la del porc) a la portada, *Per reconstruir l'art de la momificació*. Era un porc prenatal, de fet, nonat, però de veritat. El fullet explicava els seus mètodes: farcir les «cavitats corporals» amb sal, xopar el cos amb bicarbonat de soda, i farcir les entranyes amb herbes barrejades amb colònia Calvin Klein. La seva hipòtesi era que la momificació funcionava, però a mi em semblava que haurien de vigilar uns quants anys el porc per estar-ne segurs.

També hi havia «El Gas-O-Metre de Classe». Era una caixa de plexiglàs que contenia un comptador de diòxid de carboni que estava connectat a una alarma amb timbre. La hipòtesi era que els alts nivells de CO_2 («gasos del tub d'escapament humà», aclaria el panell explicatiu) a les aules de l'escola són (almenys en part), responsables del malestar general, l'endormiscament i la percepció exagerada de l'olor corporal experimentats a l'escola». Els nens havien fet proves en diverses aules. Tenien un gràfic que mostrava els seus resultats, que eren que tres de cada cinc classes sobrepassaven el màxim del nivell de CO_2 establert per l'Estat, que era de 1.000 parts per milió.

Segurament aquesta era l'exposició més bona, després de la nostra.

També hi havia «El laberint d'entrenament de l'hàmster». Era un d'aquells laberints de fusta en què aixeques una trampeta i esperes que l'animal travessi totes les obertures a les petites parets fins al final. Però aquests nens havien posat una gota de mantega de cacauet a la meta i deixaven anar un hàmster darrere l'altre de la línia de sortida. La seva hipòtesi era que es podia ensinistrar un hàmster per trobar mantega de cacauet en un laberint. Però per ara no se n'havien sortit. Crec que no havien caçat la idea que calia crear una cosa nova.

Hi havia una dotzena més d'exposicions. Al bell mig hi havia la nostra.

Darrere en Jake, la marea de nens va començar a circular més a poc a poc. Alguns nens es paraven a mirar la pantalla de benvinguda al nostre monitor:

Benvingut al LABAE
Una investigació científica interactiva

Creada i elaborada per: Catalina Aarons, Elliot Gekewicz i Russell Trainor
Enquesta escolar i informe dirigits, escrits i narrats per: Catalina Aarons i Allison Kukovna
Participants en les recreacions: Jon Blanchette, Elliot Gekewicz, Christopher Kuppel i Richard C. Tucker
Entrevista realitzada per: Russell Trainor
Direcció i videografia de: Turner White
Assessora del projecte: Claire Hogeboom
Assessor tècnic: Jerome Dallas
Contribució a les històries reals de: 42 alumnes de l'Escola Secundària Parkland
Històries recollides a través de: LAN (xarxa local de l'Escola Parkland), amb programari de comunicació SchoolStream 3.0, amb (abans) accés obert per als alumnes.

Anar a Menú

En Jake va pitjar sobre Menú:

I. Hipòtesi
II. Mètodes de recerca
III. Informe de recerca
IV. Recreacions en vídeo
V. Entrevistes en vídeo
VI. Galeria de notes desagradables
VII. Les històries

Va arribar en Turner White i es va repenjar a la taula, observant. Duia un jersei de coll alt negre i l'habitual gorra negra.

—Comença per la hipòtesi —va proposar la Catalina.

—Vull veure les recreacions —va dir en Jake, i va fer doble clic ràpidament.

En Turner va somriure en veure els títols que apareixien:

A. *L'autobús:* En Chris i l'Elliot
B. *L'armariet:* En Jon i l'Elliot
C. *El menjador:* En Chris i l'Elliot
D. *El pati:* En Chris, en Jon i l'Elliot
E. *Enganxat a la cara:* En Richard

S'havia format una rotllana de nens que miraven per sobre l'espatlla d'en Jake.

—Clica *L'autobús* —va dir algú. En Jake va clicar.

Es va obrir la finestra del vídeo. En Turner, l'Elliot i jo havíem omplert el fons de l'autobús amb uns quants nens, perquè semblés que l'autobús anava ple. Feia força bon efecte.

Els nens es gronxen endavant i endarrere com si l'autobús es mogués.

L'Elliot baixa del passadís. Només hi ha un lloc buit, al costat d'en Chris.

L'Elliot deixa la motxilla a terra, i es gira per seure.

—Aquí no pots seure.

—Però si és l'únic seient buit.

—Està reservat.

—Per a qui?

—Per a qualsevol menys tu. —En Chris Gros fa una rialleta de menyspreu. Es posa dret a poc a poc.— Tens alguna cosa a dir-hi, lluç?

Més nens, atrets pel vídeo, es van afegir al grupet que envoltava l'ordinador.

—Doncs, sí —va dir l'Elliot—. He de seure en algun lloc. —Belluga el cul i va per seure, però en Chris abaixa la seva gran espatlla i clava un cop tan violent a l'Elliot que aquest cau a sobre dels dos nens que seuen a l'altre costat del passadís. En Chris recull la motxilla de l'Elliot. Obre la finestra de l'autobús.

»Ei! —crida l'Elliot. Tots els nens asseguts riuen. En Chris obre la cremallera de la motxilla i buida tot el contingut per la finestra. Després mira els altres i somriu..

Fi

Tornar a Menú

—Això està molt bé —va dir en Jake, somrient.

—Ostres tio, no acaparis!

Ara hi havia una multitud, empenyent-se i intentant obrir-se pas darrere la seva cadira.

—Hi hauria d'haver més d'un ordinador —es va queixar un.

Vaig mirar l'Elliot, que va arronsar les espatlles.

—Jo sóc la següent, que vaig col·laborar! —va dir l'Allison Kukovna. En Jake es va aixecar perquè pogués seure ella i no un altre. Ella li va fer una carícia. L'Elliot em va donar un cop de colze i jo vaig pensar: «Vaja».

L'Allison va clicar sobre Mètodes de Recerca:

> Per demostrar la nostra hipòtesi, vam distribuir una enquesta especial a tots els alumnes de l'escola de secundària Parkland.

La veu enregistrada de l'Allison llegia aquestes paraules en veu alta.

—Quin rotllo —va dir algú al fons.

—Sí... posa més escenes —va dir un altre.

—Ei —va dir l'Allison—. Que parlo jo.

En Jake es va girar i va llançar mirades fulminants. Els nens van callar.

> Les nostres preguntes eren senzilles:
>
> 1. Alguna vegada t'has vist implicat directament en un incident d'assetjament escolar o intimidació en aquesta escola?
> 2. Si és que «sí», eres:
>   a. De la part del donant?
>   b. De la part del receptor?
> 3. Has participat en més de 5 incidents?
> 4. En més de 10?
> 5. Has llegit *El Revelador* de SchoolStream?

6. Creus que l'assetjament i la intimidació a l'escola han disminuït des que surt *El Revelador*?

Per veure les respostes i la nostra anàlisi, clica a Informe de recerca.

Clica aquí per tornar a Menú.

—Vés al Menú!

—Sí!

L'Allison va obeir. Els nens cridaven de tot.

—Entrevistes!

—Recreacions!

—Vull veure les històries —va dir un.

—Ei, ja hem vist les històries —va dir un altre—. Eren a KidNet.

—No totes —va intervenir la Catalina—. En vam recollir moltes més.

—Com ho vau fer? —va preguntar la Leah Sternberg, colant-se entre la gent—. Us van retirar l'accés.

L'Elliot em va somriure.

—Vam tenir ajuda —va dir.

La Leah va arrugar el front, com si estigués frustrada. Per sobre el seu cap va aparèixer una mà grossa i gruixuda i després el cap i les espatlles d'en Chris. L'Elliot es va posar de puntetes per picar la mà amb ell.

—Ja t'ho he dit —va dir a la Leah.

—No ho podíeu fer.

—Va ser totalment legal. Teníem dues setmanes abans que ens retiressin l'accés a tots.

—Personalment —va dir en Chris Gros— he après molt d'ordinadors, a més d'agafar experiència com a actor. —Va saludar fent una reverència.

—Vols posar-t'hi? —va preguntar l'Allison a la Leah. Van fer un canvi ràpid de culs sobre el seient.

La Leah va obrir ràpidament Entrevistes de vídeo.

A. Bethany DeMere i Catalina Aarons
B. Jon Blanchette, Burke Brown i Elliot Gekewicz
C. Judith Lefkowitz, orientadora
D. Janet Capelli, directora

La Leah va teclejar. Va aparèixer la senyora Capelli, asseguda en una cadira. Darrere nostre tothom va gemegar.

—Ella no —va dir un.

La Leah es va posar més dreta i va fer doble clic.

—Senyora Capelli —diu la veu de l'entrevistador (jo)—, fins a quin punt creu que l'assetjament escolar és un problema a la nostra escola?

—No sé per què ho denomina «problema» —diu ella—. Està insinuant que està descontrolat?

—Només li pregunto amb quina freqüència creu que es produeix?

Ella arronsa les espatlles.

—Sé que passa. Passa a totes les escoles.

—I creu que en aquesta escola passa molt sovint?

Ella nega amb el cap.

—El que es podria denominar «assetjament escolar»

pot incloure un ampli espectre de comportaments bastant típics en els preadolescents i adolescents. Si dos alumnes es barallen al camp de futbol i un és més fort que l'altre, això és assetjament escolar? Si un grup d'amics decideix excloure'n un un temps, com passa sovint als nivells d'edat de l'ensenyament secundari, desgraciadament, això és assetjament escolar?

—Em penso que ens referim a quan una persona fa mal o humilia intencionadament una altra persona —dic.

—Com he dit abans, això passa a totes les escoles, sobretot a la secundària, per desgràcia. Com a educadora, no vull estereotipar cap dels nostres alumnes. Però quan es produeixen incidents concrets, som agressius amb la nostra reacció contra les conductes incorrectes.

Encreua les mans a la falda.

—Vejam, senyora Capelli, què en pensa, d'aquest projecte?

Ara es tira endavant. Agafa la cadira amb les mans.

—Per molt que estigui a favor de qualsevol projecte responsable de la Fira de Ciències, em sento molt menys còmoda amb un que pretén humiliar expressament certes persones. No és això el que qualificava d'assetjament escolar, senyor Trainor? Senyor White?

—Humiliar expressament a qui, senyora Capelli?

—Crec que és «qui», senyor Trainor?

—Entesos. Humiliar deliberadament qui?

—Doncs els nois les històries dels quals divulguen. Naturalment.

—Però tots ens han donat permís. Els l'hem demanat a tots. Volien explicar la seva història.

—Em preocupa molt que vulguin representar expressament l'Escola Parkland des d'un punt de vista esbiaixat i negatiu —diu la directora ràpidament—. I si guanyen aquesta Fira de Ciències i van a la competició de districte? Quina imatge donaria l'Escola Parkland? Com si fos una mena de capital de... la crueltat?

—Només som sincers? No?

—Jo crec que només és una manera de victimitzar unes persones de les quals es volen venjar —diu la senyora Capelli, assenyalant la càmera amb el dit—. Em preocupa i no em convencerà per retornar l'accés a SchoolStream als alumnes. Per si es pensen que això és el que passarà. Em sembla que només estan demostrant que no es pot confiar en els alumnes... en alguns alumnes per... —Calla. Es recupera. De sobte somriu a la càmera.— Bé, espero que hagi estat una entrevista profitosa.

—Uaua —diu un.

—Torna a les escenes de lluita.

—Són escenes d'assetjament escolar, cap de suro.

—Ei, si em tornes a dir això...

El grup era cada vegada més gran i més sorollós. Tothom demanava això i allò: les escenes, les històries. No sabia si quedava algú mirant les altres exposicions. No veia res darrere de la munió.

—Què hi ha en aquesta pantalla: *Lluitamania*? —va dir una veu ressonant, enmig de la multitud.

—Ei, senyor Dallas —va dir l'Elliot.

—Elliot —va dir ell—, això és un èxit.

—Sí. Necessitem més ordinadors!

—Ja ho veig, però almenys per ara, només hem fet

un cedé —va dir ell—. Com ens podíem imaginar que tindríeu tants espectadors? Què volen veure?

—Sobretot els vídeos.

—Doncs, posa'ls un vídeo!

Amb la gentada a sobre, l'Elliot va tornar al menú d'Entrevistes en vídeo i va clicar sobre Bethany DeMere i Catalina Aarons. La Catalina va fer un intent inútil per agafar el ratolí i triar una altra cosa, però ho va acabar deixant córrer.

El senyor Dallas es va inclinar cap a mi.

—Alguna fallada del sistema? —va xiuxiuejar.

—Per ara no.

—Que bé. Perquè després de classe és quan vénen els jutges. Amb la directora.

Em va donar un copet a l'espatlla i va recular entre la gent. El senyor Dallas no havia vist l'entrevista amb la senyora Capelli, jo no m'havia vist amb cor d'ensenyar-l'hi. La senyora Capelli no havia vist res. Sabia que, als alumnes, els agradaria el nostre projecte, tot i que no m'esperava tant d'èxit; però no estava ni una mica segur de què passaria quan els grans, directora inclosa, veiessin les escenes i les entrevistes, sobretot aquesta:

> La Bethany i la Catalina assegudes en una cadira cada una. La Bethany s'arregla els cabells amb els dits, després veu que la càmera l'enfoca. Abaixa el cap i somriu.
>
> —Bethany —diu la Catalina. La Bethany la ignora.
>
> —Bethany?

—Què?

—Per què et vas inventar coses sobre mi?

—Què?

—Per què et vas inventar històries sobre mi que no eren veritat, i sobre la meva família i el lloc d'on vinc?

—Jo no he fet res d'això —diu la Bethany a la càmera—. Tu flipes.

—Sí que ho vas fer. També et vas inventar la història que deia que havies fet trampes.

—Què? Estàs sonada.

—Ah, sí?

La Catalina recull la motxilla. Obre la cremallera de la butxaca frontal i treu una nota.

—Vas escriure aquesta nota a en Russell Trainor. La vas enganxar al seu armariet.

—No és veritat.

—Diu: «Hola, espavilat. A qui li han pres el pèl ara, eh? Això estava enganxat a l'armariet d'en Russell abans que arribessin els alumnes i llegissin la nostra carta, on dèiem que la història que havíem publicat sobre tu no era veritat. Qui va escriure aquesta nota sabia que la història era falsa. En aquell moment, cap alumne, llevat de les que va entrevistar el teu pare, que eren totes amigues teves, sabia que la història fos falsa. En aquell moment exacte, només l'alumne que havia inventat la història podia saber que ens havien parat una trampa.

La Bethany somriu a la càmera.

—Això és absurd —diu—. I, a més, no pots demostrar que jo escrivís aquesta nota.

—Aquesta és una altra de les teves notes —diu la Catalina—. La vas escriure i me la vas deixar a l'armariet.

—Sí. I què més. —Però la Bethany intenta fer un cop d'ull a la nota mentre la Catalina la desplega.

La Catalina llegeix: «Tots saben que la noia rara va haver de marxar d'on vivia. Perquè era tan fàcil que els nois ja ni se la miraven en públic. Ho va aprendre de la seva mare».

—Aquesta era bastant horrible, Bethany. No era veritat en absolut.

—Jo no ho vaig escriure! Jo no n'he escrit cap. —La Bethany gira la cara amb expressió ofesa cap a la càmera.

—Sí que les vas escriure, Bethany. Aquesta també la vas escriure.

La Catalina torna a buscar, desplega, i llegeix: «No penso parlar més amb tu. Tant me fa el que passi».

—La vas escriure a en Russell a la classe d'estudis socials —diu la Catalina—. La vas escriure davant d'ell, i l'hi vas donar perquè se la quedés. Ell va guardar totes les notes. Totes estan escrites amb la mateixa lletra, Bethany. Són totes teves. Et vas inventar la història sobre tu fent trampes, perquè la publiquéssim i ens la carreguéssim.

La Bethany es queda atònita només un segon. Després es gira cap a la càmera i decanta el cap amb expressió innocent.

—Saps que el meu pare és advocat? —diu suaument—. Crec que ja el coneixes, oi?

La Catalina fa que sí amb el cap.

—Sí que el conec —diu—. Nosaltres també hem parlat amb un advocat, de fet, un bon amic del meu pare. Ens va dir que tenim proves sòlides, i que si algú té raons per presentar una denúncia per calúmnies, sóc jo. Seria jo. Contra tu. —La Bethany encreua els braços. No diu res.— Encara no entenc per què havies de voler fer mal a algú d'aquesta manera —diu la Catalina—. Però finalment vaig decidir que, si ho deixava córrer, et pensaries que mai ningú no et pot plantar cara. Et pensaries que pots controlar-ho tot. Vaig adonar-me que valia la pena arriscar-se per demostrar la veritat. O sigui que si vols parlar amb el teu pare, creiem que és el millor que podries fer. De fet, aquí tens les notes.

La Catalina li dóna els papers. La Bethany fa uns ulls molt grossos un segon, després els agafa i mira la càmera amb expressió de sorpresa, com si no es pogués creure que al capdavall siguem tan rucs.

—Són fotocòpies, és clar —diu la Catalina—. Els originals ens els quedem. Els hem escanejat i tot. Són en un cedé, a la Galeria de notes desagradables.

La Bethany es mira els papers que té a la mà un segon. Després es gira cap a la càmera. Inclina el cap amb una expressió carregada de paciència.

—Turner —diu baixet i amablement—, crec que m'hauries de donar la cinta, Turner. Va, Turner, sóc més forta que tu, ja ho saps. Turner... dóna'm la cinta. —La Bethany s'aixeca de la cadira. La càmera recula.— Turner, treu la cinta i dóna-me-la. Va. —La Bethany camina; la càmera es belluga a batzegades.

—Dóna'm la càmera, Turner!

Corre cap a ell i tota la imatge s'inclina, i després hi ha neu i soroll. I ja està.

Tothom es va posar a parlar alhora al voltant de l'ordinador. En Jake em va dir a cau d'orella.

—Què va passar? Es va endur la cinta?

—És una càmera digital, i només en Turner la sap fer anar —vaig dir—. La va agafar i la va sacsejar una mica, després l'hi va tornar i se'n va anar feta una fúria.

En Jake va somriure.

—Uf! —després va fer una ganyota—. Però no et fa por que el seu pare us demandi? No us va dir una vegada que ho podia fer?

Vaig arronsar les espatlles.

—Si fossis la Bethany, voldries que el teu pare la veiés? I encara que la veiés, voldria ell que moltes persones més sabessin el que va fer la seva filla? Nosaltres tenim les proves, no?

—Suposo —va dir ell—. I quan la vegi la directora?

—Ai, doncs... —vaig sentir una esgarrifança de por—. D'això ja no n'estic tan segur.

Les conseqüències de l'èxit

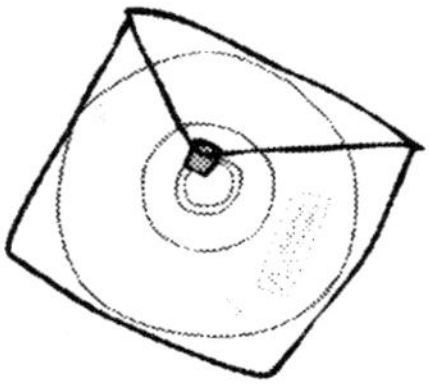

—Ostres, que divertit —vaig dir mentre les últimes classes sortien del gimnàs donant-se empentes.

—Sí —va dir l'Elliot—. La xarxa continua sent història, però. Ja has sentit el que ha dit.

—No podem fer miracles. Almenys no serem uns proscrits per als altres alumnes.

L'Elliot va somriure.

—Ja no.

El gimnàs estava en silenci. Finalment podíem respirar. Eren dos quarts de tres; les classes s'acabaven a tres quarts de tres, però ens havíem de quedar allà i esperar els jutges, que vindrien a les tres. Després havíem d'anar a casa a sopar, i tornar a les set, quan els pares vinguessin a visitar la fira.

—Ja veuràs com la Bethany diu al seu pare que no hi ha res d'interessant a la Fira de Ciències —va dir l'Elliot.

—I tant. Segur que no voldrà que vegi res d'això.

La Catalina va prémer Extreure a l'entrada del

cedé i la safata va lliscar enfora. Va aixecar el disc lluent per les vores. Era de color blau platejat i el va inclinar, mirant-lo a contrallum. Després el va tornar a introduir. Duia les ungles pintades amb esquitxos platejats.

—Les últimes quatre setmanes ens hem divertit molt —va dir l'Elliot.

—Sí.

—Fins i tot podríem guanyar la Fira de Ciències —va dir la Catalina.

L'Elliot i jo vam arronsar les espatlles. Al capdavall no ho havíem fet per guanyar.

Els jutges eren una dona alta amb bata blanca de laboratori i una xapa amb el nom d'un hospital que deia «tècnic mèdic», un home corpulent amb barba i una camisa gruixuda morada, que semblava un llenyataire, però que ens van dir que era creador de programari, i un home encorbatat que s'ho mirava tot molt entusiasmat. El senyor Dallas i la senyoreta Hogeboom també hi eren. La senyora Capelli papallonejava al darrere de l'home de la corbata.

—Nois, us presento el doctor David Bennett, president de la nostra junta escolar —va dir ella.

Vam donar la mà a tots. El doctor Bennett —no vaig saber mai si era metge o alguna mena de científic— tenia els cabells rossos i una cara rodona i simpàtica, com la d'un nen gairebé, i un somriure ràpid i fàcil.

Quan vam cridar el menú principal, es va asseure encantat a la cadira entre la Catalina i jo.

—A veure què tenim —va dir—. «El Laboratori d'Assetjadors», en multimèdia. Molt original. Mmm. A veure. La hipòtesi. —Va fer un doble clic. Es va tornar a sentir la veu de l'Allison:

> «La nostra hipòtesi és que traient a la llum els incidents d'assetjament escolar i intimidació entre l'alumnat d'una escola es produiran menys incidents i seran menys greus».

El doctor Bennett va xiular.

—Déu n'hi do! Bona hipòtesi! —va dir. Es va tirar enrere—. Grady? Sharon? Què en penseu?

—M'encantaria veure les proves —va dir la dona amb la bata blanca.

—Clica —va dir el llenyataire.

El doctor Bennett va cridar Mètodes de recerca i va llegir la llista de preguntes. Bellugant el cap, amb expressió interessada, va clicar Informe de recerca. Va clicar sobre Text en àudio.

Es va sentir la veu de la Catalina, alternant-se amb la de l'Allison:

> «Vam distribuir la nostra enquesta a tots els estudiants, i vam rebre un 85% de respostes —diu la Catalina—. Ens va semblar una resposta increïble. Creiem que demostra l'interès i el suport que té el nostre projecte.

De les 343 enquestes que vam rebre contestades —diu l'Allison—, 230 alumnes, el 67%, deien que havien estat involucrats en un incident d'assetjament escolar o intimidació a la nostra escola. El 74% dels alumnes deia que havia estat al cantó de la víctima. El 20% havia estat al cantó de l'assetjador. El 6% no va contestar aquesta pregunta.

El 48% dels alumnes deia que havia participat en més de cinc incidents —diu la veu de la Catalina—. El 23% deia que havia participat en més de 10».

Vaig mirar enrere. La cara de la senyora Capelli estava tensa. Els seus ulls anaven del president de la junta escolar a la pantalla.

«Els nostres resultats finals són els següents —diu l'Allison—. El 92% dels alumnes que van respondre deien que havien llegit *El Revelador* a la xarxa de SchoolStream. *El Revelador* era una publicació electrònica que donava als alumnes la possibilitat d'explicar les seves experiències en assetjament escolar.

El 82% dels alumnes que van respondre a la nostra enquesta —diu la Catalina— creien que l'assetjament escolar havia disminuït a la nostra escola des que es va començar a publicar *El Revelador*».

El doctor Bennett va somriure content.

—El 82% —va dir, mirant els altres grans—. I teniu aquest *Revelador* dins del sistema de l'escola?

—El teníem —va dir la Catalina.

El front de l'home es va arrugar un instant. Després va dir:

—I què... què contenia?

—Cliqui sobre Les històries —va dir l'Elliot.

Va clicar. Durant cinc o deu minuts de silenci, els jutges van llegir una història rere l'altra.

—I totes són veritat? —va dir el llenyataire, amb una veu baixa.

—Les van enviar els nens —vaig dir—. Tenim permís de tots per incloure aquestes històries.

—Al començament no —va dir la senyora Capelli.

—Però n'hem après —va dir l'Elliot.

—Aquests tres alumnes han concebut, dirigit i coordinat el projecte —va intervenir la senyoreta Hogeboom—. Però els van ajudar dotzenes d'alumnes més. No sols els alumnes que surten als crèdits, sinó també... quants eren... quaranta-sis?

—Quaranta-dos —vaig dir.

—Quaranta-dos alumnes van contribuir amb les seves històries —va dir ella.

——Quaranta-dos de més de quatre-cents —va puntualitzar la senyora Capelli.

—És molt impressionant —va dir el doctor Bennett.

La directora va fer un sorollet com un ànec escanyat.

—No ho hem fet per deixar l'escola malament —va dir l'Elliot—. Ho vam fer perquè aquestes coses passen.

—Home, i tant... sou científics socials —va dir el doctor Bennett—. Vull veure més coses. Què més hi ha que valgui la pena?

—Provi les entrevistes —vaig dir, i ell va clicar aquesta:

—Ei, Elliot, que era tot per jugar. Tu ja ho saps —diu en Jon Blanchette. Ell, l'Elliot i en Burke seuen en tres cadires de plàstic.

—Sí, fins que em vas abocar el dinar per sobre a la cafeteria —diu en Burke—. Allò no va tenir cap gràcia. Però te la vaig tornar, eh?

—Ah, sí? —exclama l'Elliot.

En Burke somriu.

—Potser sí.

L'Elliot remena el cap.

—El que ets raret ets tu, Burke. Perquè ho sàpigues. Vosaltres dos us pensàveu que era molt divertit esperarme abans de classe, després de classe, al pati, als passadissos, només per poder-me fer alguna bretolada. Em vau penjar la motxilla d'un arbre, vau jugar a futbol amb el meu dinar. Fins i tot em vau llançar daltabaix d'un pont.

—Això t'ho vas fer tu sol —diu en Burke—. Només t'ensenyàvem una lliçó. Els nois no t'haurien deixat anar si t'haguessis quedat quiet.

—Però de què anava tot allò? —diu la meva veu, fora de càmera—. Per què fèieu totes aquestes coses a un nen concret?

—Ei, que només ens divertíem —diu en Blanchette—. T'agradava —afegeix, somrient a l'Elliot.

—Creus que m'agradava?

—I tant que t'agradava. Ens podries haver evitat. No ho vas fer mai. Oi? Per tu també formava part de la rutina. Érem els nois que et feien cas, Elliot. Oi que sí?

L'Elliot mou el cap, però també somriu.

—Dient-me cretí.

—Almenys et dèiem d'alguna manera —diu en Jon—. Que no érem els únics?

—No, n'hi havia més. Només éreu els pitjors.

—Ara t'escolto —diu en Blanchette, tirant-se enrere i oferint el seu somriure espontani a la càmera.

A continuació, el doctor Bennett va clicar sobre en Richie i de sobte va sortir la seva cara, omplint la càmera.

—Es pot saber què mires?

El doctor Bennett es va sobresaltar. Els vaig mirar a tots. La senyora Capelli semblava paralitzada i tots miraven fixament la pantalla.

La cara d'en Richie estava fosca d'ira. Era el que volíem, tant ell com jo: mostrar el que se sentia.

—Ei tu —assenyala amb la barbeta—. Per què em mires?

—No et mirava —dic jo.

Les celles se li ajunten i decanta el cap. Parla baixet, com si no ho acabés d'entendre:

—M'estàs dient —aixeca les celles— ...mentider?

—No, no volia dir això.

—Au, vinga —somica amb veu de nen petit—. No volia dir això. —Em mira de dalt a baix. Somriu amb menyspreu i no diu res. Finalment s'acosta una mica més i xiuxiueja:— Saps què et penso fer?

Fa un cop de cap, amb un lleugeríssim somriure.

—No ho saps, oi que no? I no saps quan.,. oi? Potser als lavabos. Potser després de classe. Potser a qualsevol lloc on no ens vegi ningú. —Aixeca aquelles celles una altra vegada, com si ara tinguéssim un secret.

»Puc ser... a qualsevol lloc. —Somriu a poc a poc. Però els seus ulls continuen durs.

»Ja ens veurem —diu, i la pantalla es torna negra.

Els grans estaven callats. Ningú no va dir res durant una bona estona. Finalment, el doctor Bennett va dir, gairebé en un xiuxiueig.

—Això tenia molta força.

—Un actor impressionant —va dir la dona jutge.

—No crec que estigués actuant —va dir el llenyataire.

—Potser no —va murmurar en Bennett.

Un altre silenci.

—Digueu-me —va dir finalment el president de la junta escolar, girant-se—. Com va començar aquest projecte?

Tots tres ens vam mirar.

—A tots tres ens feien la guitza, per raons diferents —va dir l'Elliot—. I ens vam ajuntar.

—Volíem esbrinar per què passaven aquestes coses —vaig dir.

—No —va dir l'Elliot—. Volíem fer que paressin.

—Bé, sí. Esbrinar com podíem fer que paressin. Però el primer que vam intentar no va funcionar.

—Per dir-ho suaument —va dir l'Elliot—. Però llavors la Catalina va escriure una cosa.

Tots la van mirar i ella es va posar vermella.

—Només vaig escriure sobre qui sóc i el lloc d'on vinc —va dir—. Hi havia unes persones que deien coses que no eren veritat. I aleshores el senyor Dallas ens va ensenyar com podíem enviar el que havia escrit a tothom de l'escola. A través de la xarxa.

—La xarxa? —va dir el llenyataire.

El doctor Bennett va intervenir:

—L'escola té una LAN. Continua.

La Catalina va arronsar les espatlles i va mirar l'Elliot.

—Aleshores jo vaig escriure una cosa —va dir l'Elliot—. Després altres nens van començar a escriure coses, les experiències que havien viscut. Ens les enviaven a nosaltres, a través de la xarxa. I així vam començar *El Revelador*.

—És el nom que li vam posar —vaig dir—. Cada vegada que rebíem unes quantes històries, les publicàvem perquè les veiés tothom, tots els nens, a través de la xarxa.

—Impressionant —va dir el doctor Bennett—. No els sembla? —va preguntar, girant-se. El llenyataire i la dona de la bata van fer que sí. La senyora Capelli semblava que s'hagués d'esquerdar si es bellugava.— I sembla evident que el que vau fer va canviar les coses. La vostra enquesta ho demostra. Creieu que va ser només perquè vau fer públiques aquestes experiències?

Ens vam mirar. Al començament cap no va dir res.

—Estem... bastant segurs que va influir en l'ambient de l'escola —vaig dir—. No és que ho digui la recerca, sinó que ho semblava. Ja no semblava que estigués bé fer aquestes coses que abans semblava que estiguessin bé. O no tan bé, com a mínim.

Sabia que no era una explicació de pes. Però el doctor Bennett va dir.

—És evident. Perquè vau mostrar a la gent el que passava.

—Només vam deixar que tothom expliqués la seva història —va dir la Catalina—. Tan bon punt com van poder, ho van fer. Semblava que en tenien ganes.

—Va sortir sol —va comentar l'Elliot—. Llavors, quan no ens van deixar tornar a fer servir la xarxa...

—Que no us van deixar? —L'Elliot va callar. El doctor Bennett ens va mirar un per un.

—Què voleu dir?

—És que —va dir l'Elliot—. Ah...

—Es va restringir l'accés dels alumnes a la xarxa —vaig dir—. Ja no ens permeten fer-la servir per comunicar-nos. Als alumnes.

El doctor es va girar.

—Per què no? —va preguntar a la directora.

—Una... mesura disciplinària —va dir ella.

Els ulls vius del doctor Bennett ens van mirar, i després van tornar a la directora.

—Segur que no va tenir més remei que fer-ho —va dir amb veu comprensiva.

—Ja ho crec —va dir la senyora Capelli—. Es va produir un ús molt irresponsable de la xarxa. No cal dir noms. —Ens va mirar, i va somriure d'una manera rara.

—Té una feina difícil —va dir el doctor Bennett a la directora tranquil·litzadorament—. No em sorprèn gens que hi hagués problemes, tenint en compte que la xarxa és una cosa tan nova. Tot i així, crec que vostè i el seu equip docent es mereixen la meva admiració per obrir la xarxa als joves, i per cultivar aquesta mena de creativitat. —La senyora Capelli va empassar saliva.— Ho dic seriosament —va dir ell.

—Doncs... gràcies.

—I també estic segur que està ensenyant una valuosa lliçó amb aquesta suspensió de privilegis.

—Així ho crec. Sí.

—Imagino que només es tracta d'una suspensió temporal.

—Doncs... sí. És clar.

L'home va bellugar el cap reflexivament.

—Quant de temps ha dit?

La senyora Capelli va fer una pausa.

—Dues setmanes —va dir.

El doctor Bennett va bellugar el cap, amb la barbeta repenjada a la mà. Va tornar a mirar la pantalla.

—Dues setmanes de silenci per apreciar... la comunicació. Molt bé senyora Capelli. Molt correcte.

La directora es va posar vermella i tot.

El doctor Bennett ens va tornar a mirar.

—Aquestes històries que rebíeu —va dir— són l'origen d'això?

—Sí —vaig dir—. La veritat és que sí. Amb molta ajuda.

—Ja ho veig —va dir el doctor Bennett—. Un treball realment impressionant. Bé —va dir, empenyent enrere la cadira i posant-se dret—. Hauríem de fer un cop d'ull a les altres exposicions, eh, companys?

Però abans d'anar-se'n, ens va donar la mà a tots. I juraria... —l'Elliot i la Catalina diuen que no ho van veure—, juraria que em va fer l'ullet.

—Gràcies —vaig dir.

—Gràcies.

Quan els jutges van marxar, la senyora Capelli es va quedar. Ens va mirar a tots. Després va sospirar.

—Ho reconec, tenia un mal pressentiment amb aquest projecte —va dir—. Però els jutges estan molt impressionats, i... bé, tot s'ha de dir, ho entenc perfectament.

—Parlava seriosament d'allò de la xarxa? —va preguntar l'Elliot.

—És clar que sí. Vosaltres vau ser els que vau fer perdre l'accés als alumnes. Suposo que és de llei que sigueu els que la recuperin. —Va anar cap als jutges. La senyoreta Hogeboom i el senyor Dallas eren amb ells. La senyora Capelli es va aturar.

—Claire, Jerry —va dir—. Us he de donar les gràcies per amarar-me amb el reflex de la vostra glòria.

—Nosaltres no —va insistir la senyora Hogeboom—. Doni'ls les gràcies a ells.

La directora ens va mirar des de lluny. I... va fer que sí. Després es va allunyar. La vam veure afanyar-se per atrapar els jutges.

—Felicitats —va dir el senyor Dallas girant el cap, mentre també s'allunyava—. Crec que heu guanyat.

Tota la història

—De vegades tallo per aquí —vaig dir a l'Elliot, assenyalant el carrer de la comissaria.

—Sí? D'acord —va dir l'Elliot, i el vam agafar.

És curiós que llocs que una vegada et van semblar tan fondos i foscos et semblin tan normals quan hi tornes. Allò només era un carreró, ple de clots i esquerdes.

—L'ajuntament hauria d'arreglar aquest carrer —va dir l'Elliot.

—No es fa servir gaire —vaig contestar. Vaig mirar enllà de l'aparcament, cap a les Granges d'Alimentació, on la figura negra gandulejava.

—Allà el tenim.

—Ja el veig. Sempre és allà?

—No sempre. Però molt sovint.

Sabia que en Richie voldria tenir notícies. No vindria a la fira de cap manera, ni demostraria cap interès. Però voldria saber.

—Ei —vaig dir, quan vam arribar al seu costat.

—Ei —va saludar l'Elliot amb el cap—. Què hi ha?

—No res!

—Richie —vaig dir—, estem gairebé segurs d'haver guanyat.

—Sí? Ha anat bé, eh?

—Ha anat molt bé. Els nens gairebé ens han assaltat. I després, quan han vingut els jutges, han quedat molt impressionats.

—Segur que guanyarem —va dir l'Elliot.

—Ho hauries d'haver vist —vaig dir.

Ell va fer una rialleta de menyspreu.

—Sí, home.

—No, t'ho juro. Amb els jutges, ha estat el teu tros el que els ha impressionat.

—Sí? —Per un segon, l'expressió habitualment fixa d'en Richie es va il·luminar. Després es va tornar a apagar.

—Sí —vaig dir.

—Han caigut de cul, com a mínim —va dir l'Elliot—. Un d'ells ha dit que eres un actor increïble.

—Això ha dit?

—Sí que ho ha dit.

—Era un jutge? Eren molt idiotes?

Ens vam quedar de pedra.

—No ho semblaven —va dir l'Elliot.

En Richie va arronsar les espatlles.

—Hem recuperat KidNet —va dir l'Elliot.

En Richie va fer que sí amb el cap i em va mirar.

—Veus? —va dir—. Qui ho havia de dir? —Va somriure.— Així ara teniu feina.

—Sí, i tant.

—Això és bo. Així no anireu pel carrer.

L'Elliot va riure. Jo vaig somriure. En Richie gairebé, per molt poc, va somriure. Va encendre un cigarret. Després va ser com si li vingués una cosa al cap. Es va apartar de la paret i em va donar el cigarret.

—Aguanta —va dir.

—Què?

—Tu aguanta. Ostres —va obrir la porta i va entrar a les Granges d'Alimentació.

Em vaig quedar quiet. L'Elliot va apartar el fum amb la mà.

—Puaf —va dir.

En Richie va tornar. Duia una ampolla de refresc.

Em vaig quedar quiet.

Amb l'altra mà em va agafar el cigarret. Després em va allargar el refresc.

—Té —va dir—. Crec que te'n dec un.

El vaig agafar, però vaig dir:

—Jo creia que ja estàvem en paus.

Ell va arronsar les espatlles.

—Llavors toca el dos, eh? Vols esguerrar-me la reputació? —va sacsejar el cap—. Ostres, tu, quins xavals més penjats.

Pujàvem per Union Street, l'Elliot i jo, cap a casa meva. Es quedava a sopar amb nosaltres, i després ens hauríem de trobar amb els seus pares i les seves germanes a la Fira de Ciència Creativa. El pare de la Catalina també vindria.

Vaig fer un glop llarg i vaig passar el refresc a l'Elliot. Ens el vam anar passant. Quan el vam acabar, el vaig tornar a tapar fort i el vaig llençar a l'Elliot.

El va atrapar i me'l va tornar de seguida. Després vam començar a llançar l'ampolla per terra, rient i ensopegant, clavant-li cops de peu com si fos una pilota, fent-la rebotar per les parets de les botigues i recollint-la. Rèiem i victorejàvem quan l'atrapàvem, saltant com dues criatures petites acabades de sortir de l'escola.

Al final havíem rigut tant que estàvem tots dos tirats per terra, agafant-nos els genolls i respirant amb dificultat.

—De què anava, això? —va dir l'Elliot, assenyalant l'ampolla que tenia jo a la mà—. Vull dir amb ell.

—És una història molt llarga.

—Ja —va mirar cap a les Granges d'Alimentació—. Creus que serà feliç per sempre?

—Qui? En Richie?

—Sí.

—No. Segurament no.

M'ho vaig rumiar.

—Potser hi ha nois que són dolents de mena, però no crec que ell ho sigui —vaig dir—. Més aviat és com si la seva vida fos així. —Després vaig pensar que potser havia parlat massa.

Però l'Elliot estava pensant.

—Potser algun dia serà estrella de cine —va dir—. Farà d'home impenetrable.

—Sí? O potser serà a la presó. Fent de bèstia.

—Sí.

De sobte, mentre caminàvem, l'Elliot va riure.

—No me l'imagino escrivint la seva història un dia d'aquests —va dir.

—Oh, no.

—Tu no has escrit mai la teva, tampoc. —No vaig contestar.— Tothom ha escrit la seva —va afegir—. Però tu no. El que et va passar amb ell i tota la pesca.

—No.

—Per què no? Perquè és una història molt llarga?

—No. Li vaig fer una promesa. A ell.

—Ja —va dir—. Bé, per què no l'escrius ara? L'hi podries ensenyar i tot. Potser li semblarà bé. Després del que ha passat.

—Mmm. No ho sé.

—Ho podries fer! Podries explicar tota la història. Encara tinc allò que vas escriure. Te'n recordes? Va ser allò que ho va començar tot.

—Me'n recordo.

—T'ho reenviaré. Llavors ho pots reescriure tot, des del començament. —Em va somriure.— Per no anar pel carrer.

Vam riure. Vaig mirar l'ampolla de refresc que encara tenia a la mà. Estava una mica enganxosa.

—Potser ho faré —vaig dir.

I ho vaig fer. A en Richie també li va semblar bé. Em va sorprendre, però l'hi va semblar bé.

I aquesta és tota la història.

Agraïments de l'autor

Encara que totes les persones, els incidents i l'escola representats a *Rebel·lió a la xarxa* són completament ficticis, em van ajudar molt a elaborar la història els alumnes de tres escoles de Vermont que em van explicar les seves experiències d'assetjament escolar, intimidació i incidents semblants. Vull donar les gràcies als alumnes, als professors i als administradors que em van ajudar a la Randolph Village School, i a la Barstow Memorial School, a Chittenden (i vull insistir en el fet que aquelles estupendes escoles no s'assemblaven gens a l'Escola Secundària Darkland, que sí que em vaig inventar!). Gràcies també al personal de la Williston Central School, que em va ensenyar la xarxa local de l'escola.

També estic agraït als professors de la Main Street Middle School de Montpeller, la Rutland Town School, i la Christ the King School de Rutland (totes també a Vermont) que van llegir esborranys d'aquest llibre a les seves classes, i als alumnes d'aquestes classes pels seus valuosos comentaris i crítiques. Gràcies especialment al meu amic Mike Baginski, «Senyor B», un extraordinari professor de la Main Street Middle School, pel seu continu suport i interès.

Índex

En Richie 11
L'home sense por 17
Streaming 28
Control sorpresa 37
Anatosaures 47
L'experiment 58
La noia rara 69
El nen ocell 78
Vulcanització 85
La Rose 96
El servidor de sistema 100
Els estudis socials. 112
Ràdio Lliure Cretikewicz 122
Ei nois! 135
Per sempre teu 144
Un focus de problemes 159
Sonatòlegs 173
La sala de la caldera 183
El despatx. 198

Les boletes de patata 211
L'ordre natural 219
El contenidor 229
Dobles clics 238
Les conseqüències de l'èxit. 254
Tota la història 267